たまちゃん――

ひとだまのような青《あお》い炎《ほのお》を放《はな》ち、宙《ちゅう》に浮《う》かぶ。レイカたちに協力的《きょうりょくてき》だが、その不思議《ふしぎ》な力《ちから》を使《つか》うためには、大《おお》きな代償《だいしょう》を支払《しはら》う必《ひつ》要《よう》がある。

魔尾町現悩《まおまちげんのう》（ゲンノウ）――

オカルトを中心《ちゅうしん》に研究《けんきゅう》している民俗学者《みんぞくがくしゃ》。青鬼《あおおに》に強《つよ》い関心《かんしん》を抱《いだ》いており、夏休《なつやす》み明《あ》けから北部小学《ほくぶしょうがっ》校《こう》・オカルト調査《ちょうさ》クラブの顧問《こもん》となった。

知香《ちか》――

二十年前《にじゅうねんまえ》、家族《かぞく》でまほろば遊園《ゆうえん》地《ち》を訪《おとず》れた際《さい》に事件《じけん》に巻《ま》きこまれ、青鬼《あおおに》の《王種《おうしゅ》》となった少年《しょうねん》。二十年間《にじゅうねんかん》、『地下《ちか》の王《おう》』として遊《ゆう》園地《えんち》の地下《ちか》で孤独《こどく》に過《す》ごしていた。今《いま》はレイカたちと協力関係《きょうりょくかんけい》にある。

ひろし
北部小学校《ほくぶしょうがっこう》の五年生《ごねんせい》。この夏《なつ》、様々《さまざま》な場所《ばしょ》で青鬼《あおおに》に遭遇《そうぐう》し、そこで得《え》た情報《じょうほう》の一部《いちぶ》をレイカに教《おし》えた。
タケル
ビション・フリーゼという種類《しゅるい》の犬《いぬ》。人間《にんげん》の言葉《ことば》をすべて理解《りかい》しているが、バレると面倒《めんどう》なので秘密《ひみつ》にしている。
クロさん
レイカたちがまほろば遊園地《ゆうえんち》を調査《ちょうさ》している最中《さいちゅう》に出会《であ》った男性《だんせい》。青鬼《あおおに》に詳《くわ》しいが、危険人物《きけんじんぶつ》のようだ。
ハルナ先生
レイカたちやひろしが通《かよ》う北部小学校《ほくぶしょうがっこう》の教師《きょうし》。クロさんの裏切《うらぎ》りによって心《こころ》に深《ふか》い傷《きず》を負《お》い、一時期《いちじき》学校《がっこう》を休《やす》んでいた。

青鬼《あおおに》調査《ちょうさ》クラブ 10

碧奥《へきお》グランドホテルの見取り図《みとりず》

…ソファ席《せき》

2F／ホールフロア

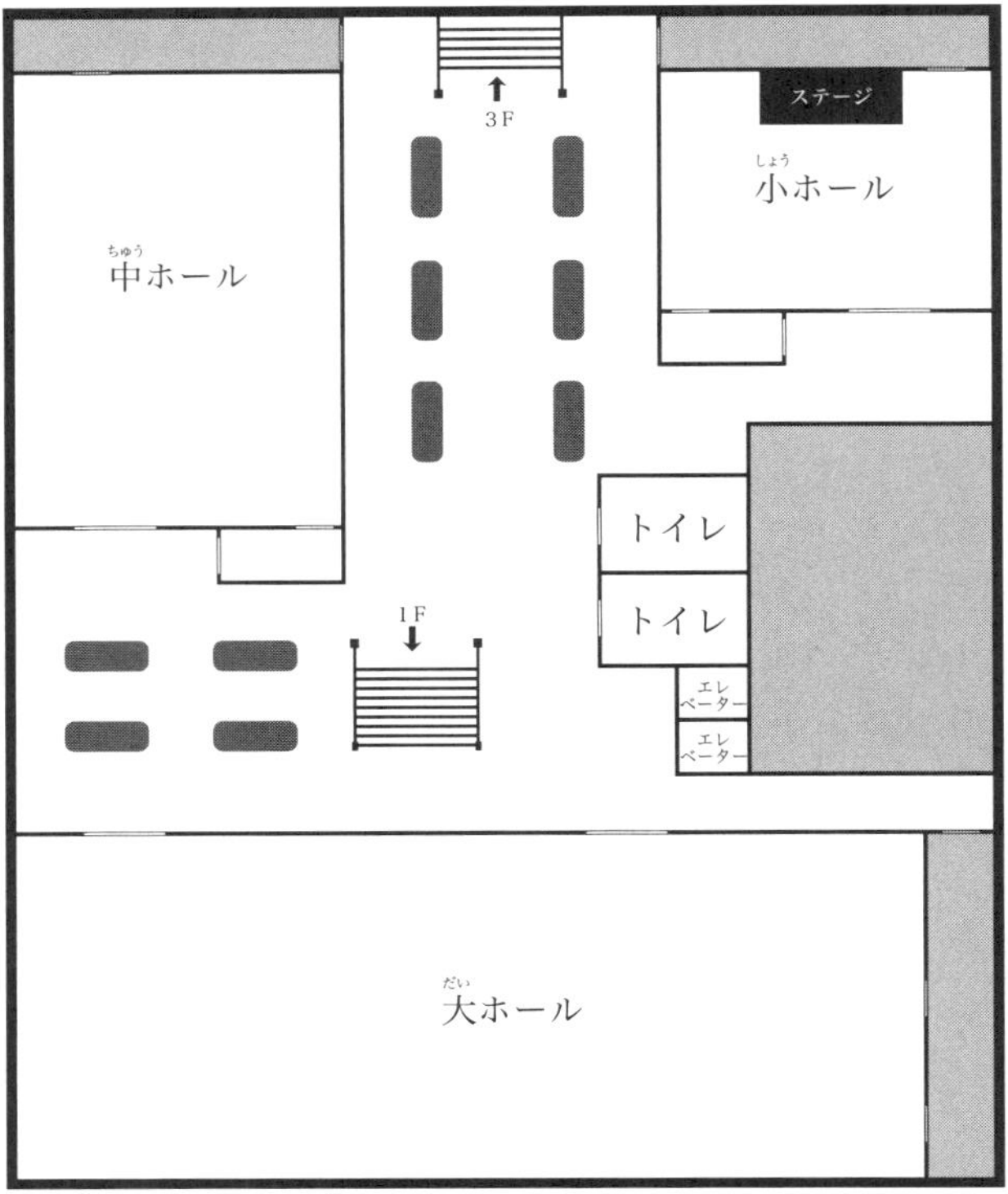

3F／レストランフロア

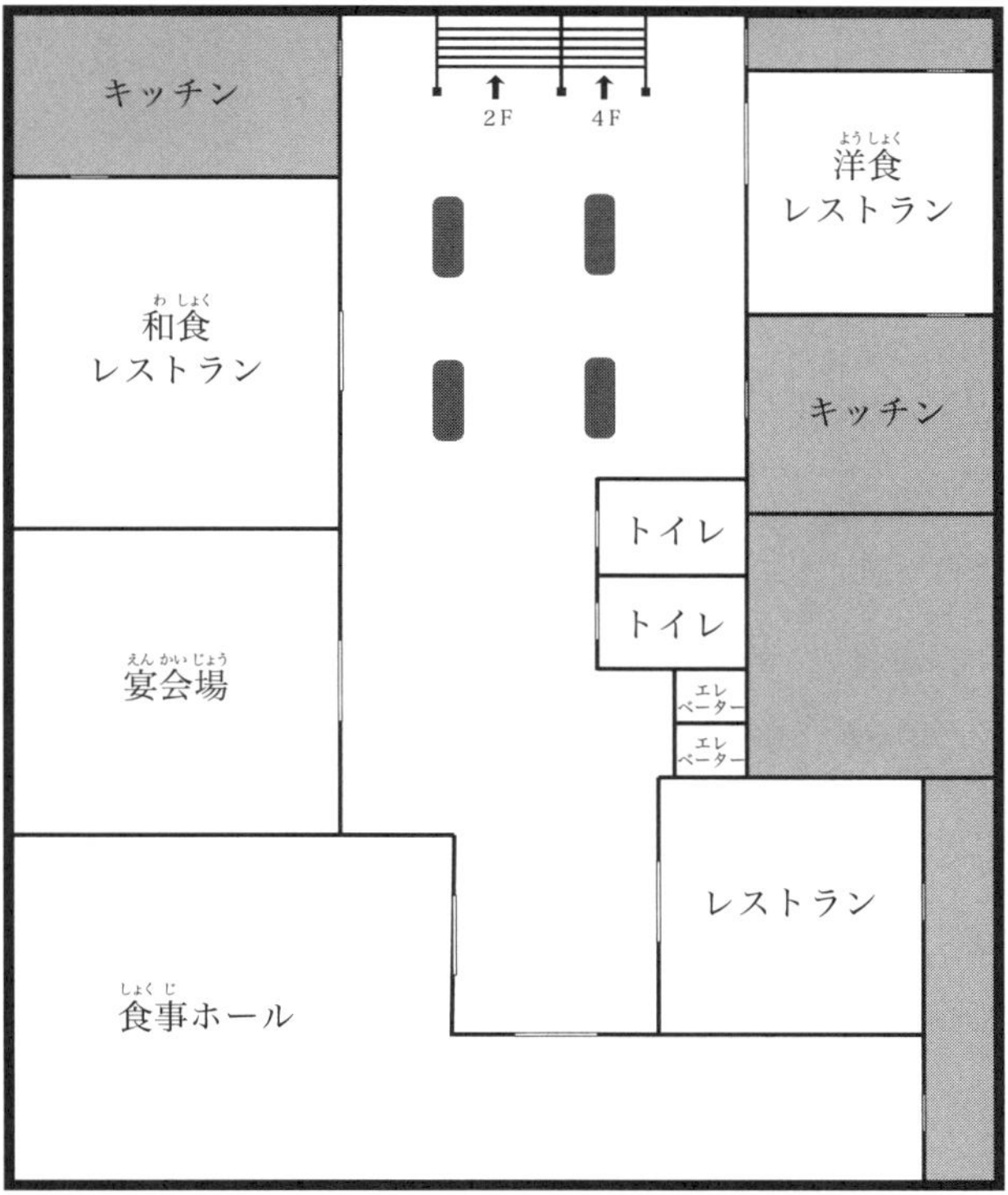

キッチン
2F
4F
洋食《ようしょく》
レストラン
和食《わしょく》
レストラン
キッチン
トイレ
トイレ
宴会場《えんかいじょう》
エレベーター
エレベーター
レストラン
食事《しょくじ》ホール

…ソファ席《せき》

4F／大浴場《だいよくじょう》フロア

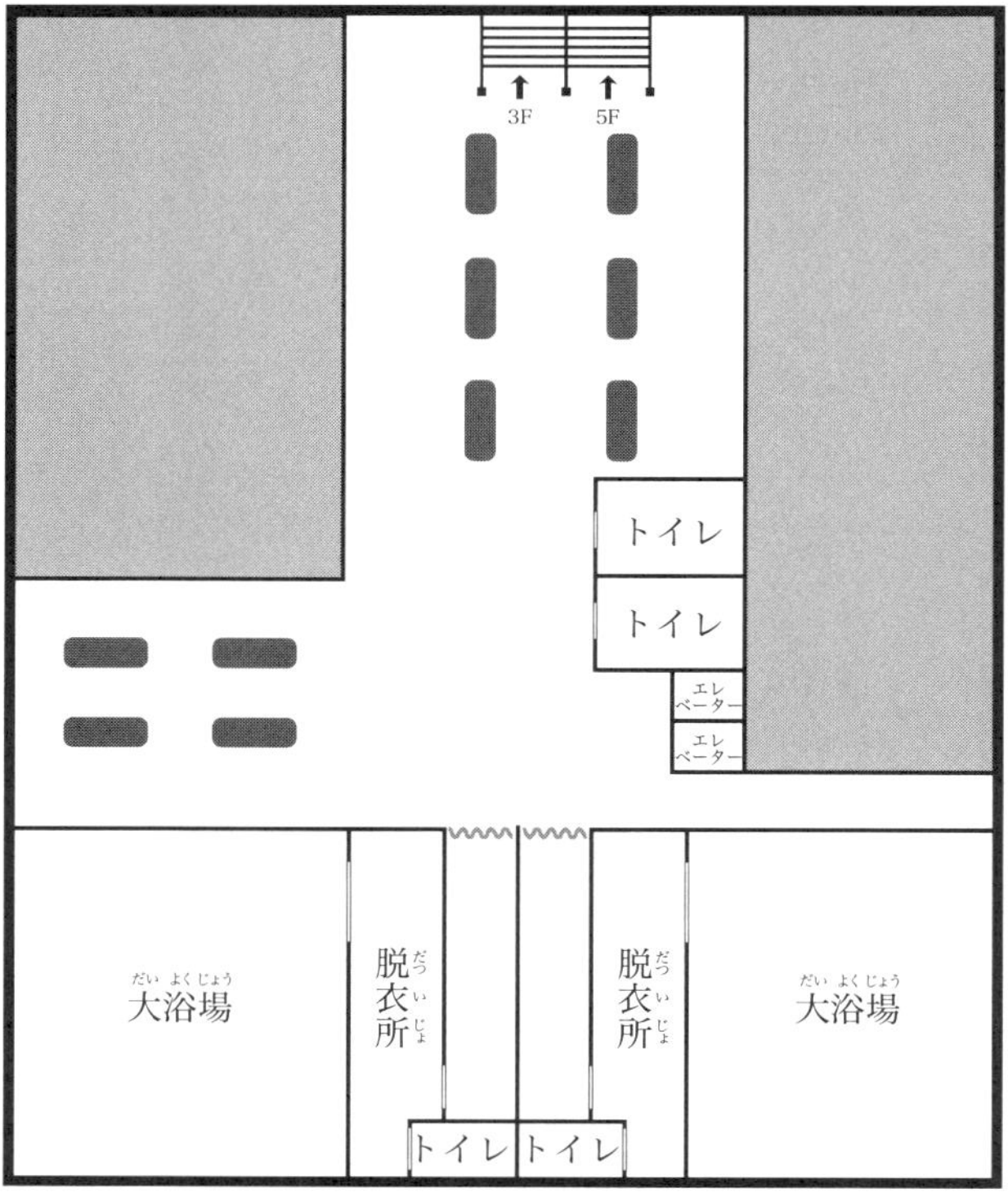

6F／客室《きゃくしつ》フロア

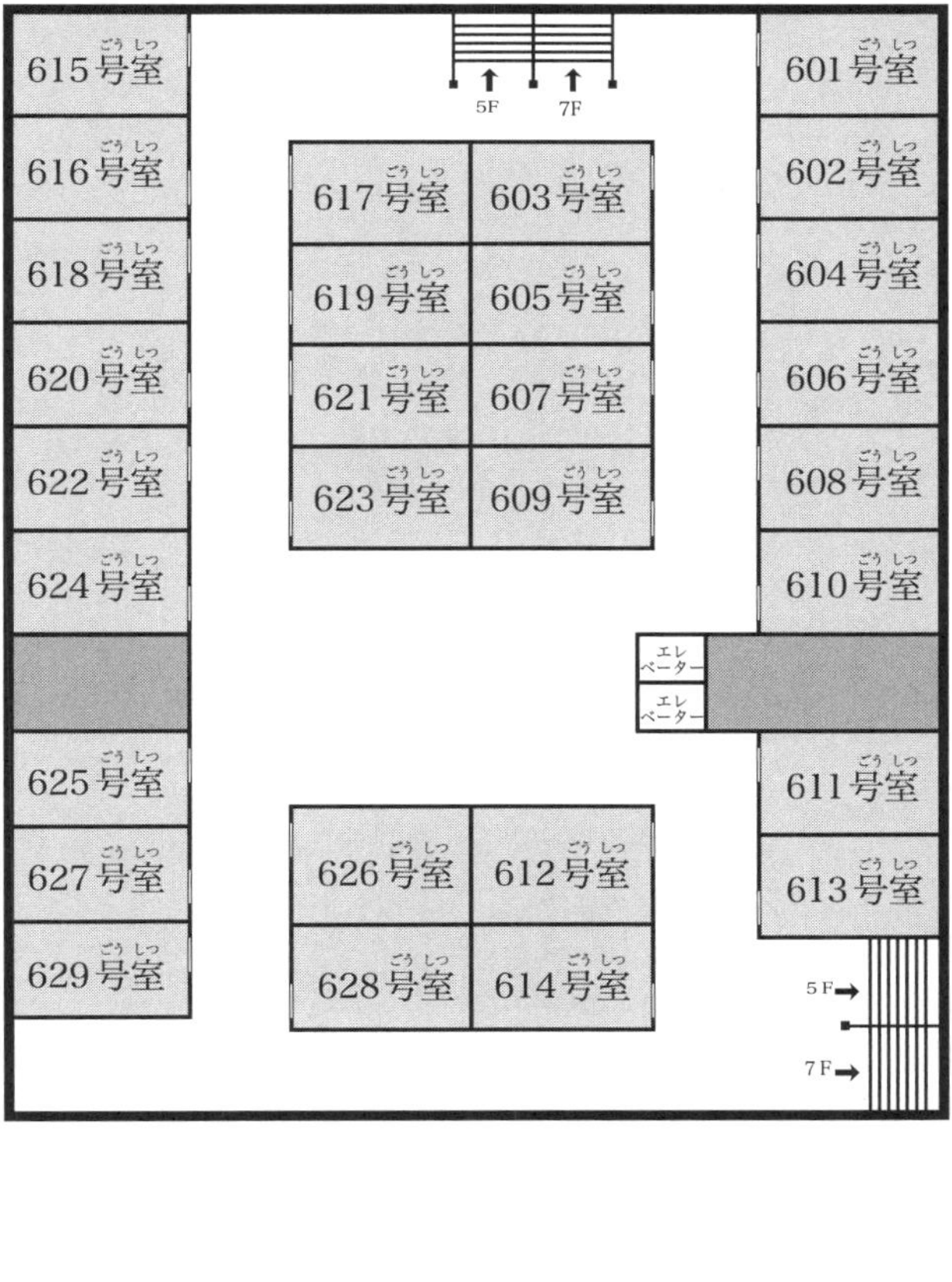

あらすじ

自分《じぶん》たちが通《かよ》う北部小学校《ほくぶしょうがっこう》に怪物《かいぶつ》が現《あらわ》れたことや、その後《ご》に巻《ま》き起《お》こった様々《さまざま》な事件《じけん》をきっかけに、オカルト調査《ちょうさ》クラブで怪物《かいぶつ》――「青鬼《あおおに》」について調《しら》べ、「倒《たお》す」ことを決意《けつい》したレイカ。幼《おさな》なじみの優助《ゆうすけ》、一《ひと》つ下《した》の学年《がくねん》のスズナ、顧問《こもん》でオカルト民俗学者《みんぞくがくしゃ》のゲンノウさん、ひとだまのような姿《すがた》のたまちゃん、《王種《おうしゅ》》の知香《ちか》……「青鬼」の調査《ちょうさ》を続《つづ》けるうちに増《ふ》えていった仲間《なかま》たちとともに、レイカは今《いま》「青鬼好《あおおにず》きの《王種《おうしゅ》》」の居場所《いばしょ》を突《つ》き止《と》めようとしていた。

ブルースター

十年前《じゅうねんまえ》、隕石《いんせき》として宇宙《うちゅう》から飛来《ひらい》し、碧奥町《へきおちょう》を中心《ちゅうしん》とするあちこちに今《いま》も散《ち》らばっている。見《み》た目《め》は星型《ほしがた》の入《い》れ物《もの》のようになっていることから、それが危険《きけん》なものだと知《し》らずに所持《しょじ》している人間《にんげん》もいるようだ。中《なか》にはパラサイトバグが入《はい》っている。

パラサイトバグ

ブルースターの中《なか》に入《はい》っているイナゴのような見《み》た目《め》の虫《むし》。死《し》んだように見《み》えても、生《い》きていることがある。パラサイトバグを体内《たいない》に取《と》りこんだ人間《にんげん》や動物《どうぶつ》は、青鬼《あおおに》になってしまう。青鬼化《あおおにか》した人間《にんげん》は凶暴《きょうぼう》な性格《せいかく》になることが多《おお》いが、まれに自分《じぶん》の意思《いし》を保《たも》ちながら、上手《うま》く青鬼《あおおに》の力《ちから》を使《つか》うことができる人間《にんげん》もいる。

《王種《おうしゅ》》

複数《ふくすう》の青鬼《あおおに》に命令《めいれい》を下《くだ》して操《あやつ》ることができるなど、青鬼《あおおに》を束《たば》ねる《王《おう》》となる力《ちから》を持《も》った特別《とくべつ》な青鬼《あおおに》。現在確認《げんざいかくにん》されている《王種《おうしゅ》》は、とてつもない巨体《きょたい》を持《も》ち『地下《ちか》の王《おう》』と呼《よ》ばれていた知香《ちか》、四体《よんたい》の青鬼《あおおに》を自在《じざい》に操《あやつ》り『兵隊《へいたい》の王《おう》』と呼《よ》ばれているソル、ソルを裏《うら》で助《たす》けていた『青鬼好《あおおにず》き』と呼《よ》ばれる謎《なぞ》の存在《そんざい》。知香《ちか》は「優助《ゆうすけ》も《王種《おうしゅ》》だ」と考《かんが》えているようだが、真偽《しんぎ》は不明《ふめい》。

1　知《ち》香《か》君《くん》の報《ほう》告《こく》

九月二十九日《くがつにじゅうくにち》、夕方《ゆうがた》。

オカルト調査《ちょうさ》クラブの部室《ぶしつ》には、久《ひさ》しぶりにメンバーが全員勢《ぜんいんせい》ぞろいしていた。しばらく姿《すがた》を見《み》ていなかった知香君《ちかくん》とたまちゃんもいる。……というよりも、知香君《ちかくん》がわたしや優助《ゆうすけ》、スズナちゃん、ゲンノウさんを呼《よ》び集《あつ》めたのだった。

「『兵隊《へいたい》の王《おう》』に協力《きょうりょく》していた、青鬼好《あおおにず》きの《王種《おうしゅ》》らしき情報《じょうほう》がようやく手《て》に入《はい》った」

知香君《ちかくん》は窓際《まどぎわ》に立《た》ち、椅子《いす》に座《すわ》っているわたしたちと目《め》を合《あ》わせてからそう言《い》った。

優助《ゆうすけ》は苦笑《にがわら》いをして、頭《あたま》の後《うし》ろで両手《りょうて》を組《く》む。

「調査《ちょうさ》クラブはほんとに休《やす》みがないよな」

碧奥墓地《へきおおぼち》の一件《いっけん》からまだ二日《ふつか》しかたっていない。優助《ゆうすけ》の言《い》うことももっともだ。それでも、わたしとゲンノウさんは新《あたら》しい《王種《おうしゅ》》の情報《じょうほう》に興味津々《きょうみしんしん》だった。

「今度《こんど》の《王種《おうしゅ》》にはどんな特徴《とくちょう》があるの？　居場所《いばしょ》はどこ？」

「どうやって情報《じょうほう》を手《て》に入《い》れたのかね？　ぜひ私《わたし》にも《王種《おうしゅ》》の情報《じょうほう》の探《さが》し方《かた》を教《おし》えてくれ」

探求心《たんきゅうしん》に火《ひ》がついたわたしたちは思《おも》いついた質問《しつもん》をいっぺんに投《な》げかける。
知香君《ちかくん》はあきれた様子《ようす》で答《こた》えた。
「二人《ふたり》が興味《きょうみ》を持《も》ってくれるのは嬉《うれ》しいけれど、情報《じょうほう》は順番《じゅんばん》に整理《せいり》して伝《つた》える。優助《ゆうすけ》やスズナが置《お》いてけぼりにならないように」

「あ……」

知香君《ちかくん》の言葉《ことば》でわたしは冷静《れいせい》さを取《と》り戻《もど》す。視線《しせん》を移動《いどう》させると、目《め》が合《あ》ったスズナちゃんは困《こま》ったような表情《ひょうじょう》でにこっと笑《わら》った。

わたしはこほんとせき払《ばら》いをして、改《あらた》めて知香君《ちかくん》に向《む》き直《なお》る。

「それじゃ、知香君《ちかくん》。どんな情報《じょうほう》を入手《にゅうしゅ》したのか教《おし》えてくれる？」

知香君《ちかくん》は小《ちい》さく息《いき》を吸《す》ってから話《はな》し出《だ》す。

「まず前提《ぜんてい》として、今回手《こんかいて》に入《い》れた《王種《おうしゅ》》の手《て》がかりが確実《かくじつ》に『青鬼好《あおおにず》き』のものかはわからない。ボクは碧奥《へきお》モールの戦《たたか》いで、《王種《おうしゅ》》に独特《どくとく》の気配《けはい》と匂《にお》いがあることに気《き》づいた。匂《にお》いはメサイアのものほど強《つよ》くないけどね。そしてモール内《ない》には『兵隊《へいたい》の王《おう》』のものとは別《べつ》の匂《にお》いがかすかにあって、今回《こんかい》はその匂《にお》いをたどることにしたんだ」

『兵隊《へいたい》の王《おう》』であるソルはクロさんをおびき出《だ》すために、青鬼好《あおおにず》きの《王種《おうしゅ》》に協力《きょうりょく》してもらっていた。

直接会《ちょくせつあ》いにいったこともあったから、その時《とき》に相手《あいて》のわずかな匂《にお》いを持《も》ち帰《かえ》ってきた可能性《かのうせい》はじゅうぶんにある。

「それで匂《にお》いはどこに続《つづ》いていたの？」

わたしの質問《しつもん》に応《おう》じて、知香君《ちかくん》が話《はなし》を再開《さいかい》する。

「碧奥《へきお》モールから碧奥市《へきおし》の中心部《ちゅうしんぶ》に向《む》かって続《つづ》いていた。匂《にお》いは消《き》えかかっていて、神経《しんけい》をかなり集中《しゅうちゅう》させないと感《かん》じ取《と》れない状態《じょうたい》だったから苦労《くろう》したよ」

調査《ちょうさ》していた時《とき》のことを思《おも》い出《だ》したのか、知香君《ちかくん》は苦《にが》い表情《ひょうじょう》を浮《う》かべる。

「だけどたまちゃんと手分《てわ》けすることで、なんとか匂《にお》いの元《もと》を突《つ》き止《と》められた。たまちゃんがいなかったら、たぶん途中《とちゅう》であきらめていたと思《おも》う。ほめてあげてくれ」

たまちゃんが元気《げんき》に左右《さゆう》に揺《ゆ》れる。

「頑張《がんば》った！」と身振《みぶ》りで表現《ひょうげん》しているようだ。

わたしは手招《てまね》きしてたまちゃんを呼《よ》び寄《よ》せ、その頭《あたま》をなでるようにしながら、話《はなし》の続《つづ》きに耳《みみ》をかたむける。

たまちゃんは嬉《うれ》しそうに目《め》を閉《と》じていた。

「ここからが本題《ほんだい》だ。『青鬼好《あおおにず》き』がひそんでいる場所《ばしょ》は――碧奥《へきお》グランドホテル。たくさんの

人々《ひとびと》が出入《でい》りする、碧奥市《へきおし》でも人気《にんき》のホテルらしい」

「ほう？」

ゲンノウさんの眉《まゆ》がぴくりと動《うご》く。何《なに》か心当《こころあ》たりでもあるのかもしれない。

碧奥《へきお》グランドホテルの存在《そんざい》はわたしも知《し》っていた。

近《ちか》くを通《とお》りかかったことも何度《なんど》かある。泊《と》まったことはないけれど、かなり大《おお》きな建物《たてもの》だったはずだ。

「私《わたし》、一度《いちど》だけ碧奥《へきお》グランドホテルのレストランで食事《しょくじ》をしたことがあります」

スズナちゃんが手《て》をあげてそう言《い》った。

「とてもきれいなホテルでレストランの他《ほか》にも、様々《さまざま》な施設《しせつ》が入《はい》っていたはずです」

「ホテルからは《王種《おうしゅ》》の強《つよ》い気配《けはい》を感《かん》じた。今《いま》もホテルの中《なか》にいるのは間違《まちが》いない」

その点《てん》には自信《じしん》があるようで、知香《ちか》くんははっきりとそう言《い》いきった。

「《王種《おうしゅ》》はホテルに泊《と》まっているの？　それとも従業員《じゅうぎょういん》にまぎれているのかしら？」

通常時《つうじょうじ》のソルや現在《げんざい》の知香君《ちかくん》は人間《にんげん》の姿《すがた》をしている。青鬼好《あおおにず》きの《王種《おうしゅ》》もふだんは人間《にんげん》として行動《こうどう》している可能性《かのうせい》が高《たか》い。

ホテルのような人目《ひとめ》の多《おお》い場所《ばしょ》ならなおさらだ。

知香君《ちかくん》は少《すこ》し残念《ざんねん》そうに目《め》を伏《ふ》せて続《つづ》ける。

「こちらの気配《けはい》に気《き》づかれるのは避《さ》けたかったから、ホテルの中《なか》までは調査《ちょうさ》できていないんだ。だけど、できる限《かぎ》り情報《じょうほう》がほしかったボクたちは丸一日《まるいちにち》、ホテルを外《そと》から監視《かんし》した」

そして知香君《ちかくん》は確信《かくしん》を持《も》っている様子《ようす》で告《つ》げる。

「結果的《けっかてき》に、《王種《おうしゅ》》の気配《けはい》は一度《いちど》もホテルから移動《いどう》しなかった。従業員《じゅうぎょういん》ならどこかのタイミングで家《いえ》に帰《かえ》るはずだ。つまり、《王種《おうしゅ》》は宿泊《しゅくはく》している客《きゃく》だと予想《よそう》できる。それも碧奥《へきおう》モールの一件《いっけん》よりも前《まえ》から、かなり長《なが》い間泊《あいだと》まっている客《きゃく》だ」

優助《ゆうすけ》が感心《かんしん》したように腕《うで》を組《く》む。

「そこまで調《しら》べるなんて、知香《ちか》はやっぱすごいな！　あとはホテルの中《なか》を調査《ちょうさ》すれば、《王種《おうしゅ》》が誰《だれ》か突《つ》き止《と》められそうじゃんか」

「ありがとう。この情報《じょうほう》が調査《ちょうさ》クラブのためになることを祈《いの》るよ」

知香君《ちかくん》は小《ちい》さく微笑《ほほえ》んだ。

いつもはあまり感情《かんじょう》が表《おもて》に出《で》るほうではないけれど、今回《こんかい》は嬉《うれ》しそうだ。

「……」

優助《ゆうすけ》たちが盛《も》り上《あ》がる一方《いっぽう》で、ゲンノウさんは何《なに》かを考《かんが》えるように黙《だま》りこんでいた。

「どうしたんですか、ゲンノウさん？」

「いや、奇妙《きみょう》な偶然《ぐうぜん》もあるものだと思《おも》ってね」

ゲンノウさんはゆっくりとこちらに身体《からだ》を向《む》ける。

「実《じつ》は近々《ちかぢか》、その碧奥《へきおう》グランドホテルでオカルトの専門家《せんもんか》たちが集《あつ》まるパーティーが開《ひら》かれるのだよ。ここ一年《いちねん》の間《あいだ》に発売《はつばい》されたオカルト本《ぼん》の中《なか》から優秀作品《ゆうしゅうさくひん》を決《き》めて表彰《ひょうしょう》するものでね。毎年《まいとし》、場所《ばしょ》を変《か》えて開催《かいさい》されている。今年《ことし》はたまたま碧奥市《へきおうし》で行《おこな》われることになっているのだが――」

「その会場《かいじょう》のホテルに青鬼《あおおに》の気配《けはい》がある、ということですか」

「……本当《ほんとう》に偶然《ぐうぜん》なんでしょうか？」

スズナちゃんが真剣《しんけん》な声色《こわいろ》でたずねてくる。

疑《うたが》うのも無理《むり》はない。《王種《おうしゅ》》が青鬼好《あおおにず》きということは、言《い》いかえればオカルト好《ず》きということだ。

人間《にんげん》の姿《すがた》の時《とき》はオカルト研究者《けんきゅうしゃ》として活動《かつどう》しているのかもしれない。

ゲンノウさんは少《すこ》し沈黙《ちんもく》した後《あと》、それ以上考《いじょうかんが》えることをやめたように息《いき》をはき出《だ》す。

「ふむ。たとえ偶然《ぐうぜん》でなかったとしても、私《わたし》たちのやることは変《か》わらないな。むしろ私《わたし》の関係者《かんけいしゃ》として、皆《みな》をホテルに連《つ》れていくことができる。好都合《こうつごう》だ」

小学生《しょうがくせい》のわたしたちが表向《おもてむ》きの理由《りゆう》もなく、ホテルの中《なか》を歩《ある》き回《まわ》って調査《ちょうさ》すると目立《めだ》ってしまう。

パーティーに出席《しゅっせき》するという形《かたち》を取《と》れば、だいぶ自然《しぜん》に動《うご》けそうだ。

「でも、こんな大人数《おおにんずう》で押《お》しかけて大丈夫《だいじょうぶ》ですか？　会場《かいじょう》にも定員《ていいん》とかがあるんじゃ……」

わたしがそう心配《しんぱい》すると、ゲンノウさんはにやりと楽《たの》しそうに笑《え》みを浮《う》かべてみせた。

「レイカ君《くん》。私《わたし》が誰《だれ》か忘《わす》れていないかね？」

「え？」

「私《わたし》はこう見《み》えても、研究者《けんきゅうしゃ》の間《あいだ》では有名《ゆうめい》なオカルト民俗学者《みんぞくがくしゃ》、魔尾町現悩《まおまちげんのう》だ。パーティーでは毎回《まいかい》、選《えら》ばれた優秀作品《ゆうしゅうさくひん》へのコメントをお願《ねが》いされていてね。その関係《かんけい》でパーティーの主催者《しゅさいしゃ》は、私《わたし》が誰《だれ》を何人誘《なんにんさそ》っても断《ことわ》れないのだよ！」

「なるほど……！」

ずっと一緒《いっしょ》にいるせいで忘《わす》れがちだが、わたしも以前《いぜん》はゲンノウさんのオカルト本《ぼん》を熱心《ねっしん》に読《よ》んでいた。

ゲンノウさんはオカルト界隈《かいわい》ではかなり有名《ゆうめい》で、わたしがパーティーの主催者《しゅさいしゃ》だとしても、絶《ぜっ》対《たい》に来《き》てほしいと思《おも》うだろう。納得《なっとく》の理由《りゆう》だった。

知香君《ちかくん》が近寄《ちかよ》ってきて、わたしたちと目《め》を合《あ》わせる。

「今後《こんご》の方針《ほうしん》は固《かた》まったかな？　ボクとたまちゃんは引《ひ》き続《つづ》き《王種《おうしゅ》》の動《うご》きを監視《かんし》する。もしもみんなが来《く》る前《まえ》に《王種《おうしゅ》》が移動《いどう》しそうだったら、すぐに連絡《れんらく》を入《い》れるよ」

「パーティーはいつなんですか？」

優助《ゆうすけ》がゲンノウさんに問《と》う。

ゲンノウさんはスマホを取《と》り出《だ》して予定表《よていひょう》を確認《かくにん》した。

「開催日《かいさいび》は十月二日《じゅうがつふつか》だ。あと数日《すうじつ》、《王種《おうしゅ》》がホテルにいてくれることを願《ねが》うとしよう」

そうして今後《こんご》の予定《よてい》が確定《かくてい》し、知香君《ちかくん》とたまちゃんは《王種《おうしゅ》》の監視《かんし》をするため、すぐにホテルへと戻《もど》っていった。

わたしや優助《ゆうすけ》、スズナちゃんはパーティーに参加《さんか》する許可《きょか》を、前《まえ》もって親《おや》からもらっておいたほうがいいだろう。

それに《王種《おうしゅ》》と対面《たいめん》する可能性《かのうせい》があるのであれば、戦《たたか》う準備《じゅんび》も必要《ひつよう》だ。

開催日《かいさいび》は数日後《すうじつご》だが、あまり時間《じかん》はない。

わたしたちは当日《とうじつ》までにやっておくべきことを整理《せいり》して、その日《ひ》の調査《ちょうさ》クラブの活動《かつどう》を終《お》えた。

「スズナちゃん、ちょっといいかしら？」

部室《ぶしつ》を出《で》たところで、わたしはスズナちゃんに声《こえ》をかけた。

「どうしたんですか、レイカちゃん？」

「次《つぎ》の《王種《おうしゅ》》の調査《ちょうさ》をする前《まえ》に、ひろし君《くん》との関係《かんけい》を改善《かいぜん》できないかと考《かんが》えてるんだけど、もし良《よ》かったら、明日一緒《あしたいっしょ》にひろし君《くん》のところに行《い》かない？　スズナちゃん、手品《てじな》の件《けん》でリベンジに燃《も》えていたでしょ？」

碧奥墓地《へきおうぼち》に行《い》く前《まえ》、スズナちゃんは北部小《ほくぶしょう》の図書室《としょしつ》でひろし君《くん》たちに手品《てじな》を披露《ひろう》したらしい。そしてその場《ば》でひろし君《くん》にタネをばらされてしまい、その上《うえ》で逆《ぎゃく》に『通《とお》し』と呼《よ》ばれる方法《ほうほう》を使《つか》った手品《てじな》もどきを見《み》せられたのだという。

ひろし君《くん》にまったく悪気《わるぎ》がないのはわかっている。

だけど、真剣《しんけん》に手品《てじな》をしたスズナちゃんにとっては気分《きぶん》のいい出来事《できごと》ではなかったようだ。

嫌《いや》だと思《おも》ったことをそのままにしておくのは良《よ》くない。

「自分《じぶん》はこういう理由《りゆう》で嫌《いや》だと思《おも》った」ということを相手《あいて》に告《つ》げ、その上《うえ》で仲直《なかなお》りするのが一番《いちばん》だ。

スズナちゃんがリベンジをして、それが結果《けっか》として仲直《なかなお》りにつながるのなら、わたしは協力《きょうりょく》を惜《お》しまない。

スズナちゃんはわたしの誘《さそ》いに目《め》を輝《かがや》かせた。

「行《い》きます！　ひろし君《くん》へのリベンジ、絶対《ぜったい》に成功《せいこう》させます！」

どうやらスズナちゃんもそこまで悪《わる》い感情《かんじょう》を持《も》っているわけではなく、どちらかというと、今度《こんど》は驚《おどろ》かせてみせるという気持《きも》ちが強《つよ》そうだ。

ひとまずケンカにはならなそうで安心《あんしん》する。

「ひろし君《くん》は『通《とお》し』を使《つか》ったことが私《わたし》にバレていないと思《おも》っているはずです。だから碧奥墓地《へきおぼち》でレイカちゃんが提案《ていあん》してくれたように、『通《とお》し』を組《く》みこんだリベンジ方法《ほうほう》で、すべてお見通《みとお》しだということを暗《あん》に伝《つた》えたいと思《おも》います！」

スズナちゃんは気合《きあい》が入《はい》った様子《ようす》でそう言《い》った。

「どうせなら普通《ふつう》の手品《てじな》じゃできないくらい、派手《はで》にするのもいいんじゃないかしら？　ひろし君《くん》に大量《たいりょう》のトランプを引《ひ》いてもらって、そのすべての数字《すうじ》を足《た》した数《かず》を当《あ》てるとか」

「それ、すっごくいいです！　さすがレイカちゃんです！」

目《め》をキラキラと輝《かがや》かせたスズナちゃんがぐっと両手《りょうて》を握《にぎ》りこむ。やる気《き》がすごい。

「その作戦《さくせん》でいくのなら、『通《とお》し』のサインを決《き》めておかないとね。簡単《かんたん》なハンドサインにしましょう」

「ハンド……ということは、手《て》を使《つか》うんでしょうか？」

「ええ。わたしはひろし君《くん》の手札《てふだ》を見《み》てスズナちゃんに教《おし》える。その時《とき》にカードの数字《すうじ》の分《ぶん》、右《みぎ》手《て》から指《ゆび》を立《た》てていくわ。ハートの3だったら三本《さんぼん》。スペードの9だったら、右手《みぎて》が五本《ごほん》で左手《ひだりて》が四本《よんほん》の計九本《けいきゅうほん》。今回《こんかい》、マークは関係《かんけい》ないから伝《つた》えない。問題《もんだい》は10以上《いじょう》の数字《すうじ》の場合《ばあい》だけど、その時《とき》は左手《ひだりて》の親指《おやゆび》を立《た》てる。あとは右手《みぎて》の指《ゆび》を立《た》てた本数《ほんすう》で一《いち》の位《くらい》を示《しめ》せば完璧《かんぺき》よ」

「な、なんだか難《むずか》しくてくらくらしてきました……」

スズナちゃんは顔《かお》をしかめて、わたしが説明《せつめい》した内容《ないよう》を必死《ひっし》に理解《りかい》しようとしている。わたしはくすっと笑《わら》って続《つづ》けた。

「言葉《ことば》で説明《せつめい》すると難《むずか》しく聞《き》こえるだけよ。実際《じっさい》に指《ゆび》を使《つか》って練習《れんしゅう》してみましょう。やってみるとすごく簡単《かんたん》だから」

わたしとスズナちゃんはハンドサインを使《つか》う練習《れんしゅう》を始《はじ》める。気《き》をつける必要《ひつよう》があるのは10以上《いじょう》のカードの表《あらわ》し方《かた》のみで、あとは単純《たんじゅん》に指《ゆび》の本数《ほんすう》を数《かぞ》えればいい。

実際《じっさい》に数回練習《すうかいれんしゅう》すると、スズナちゃんも理解《りかい》できたようだ。

「うん、ハンドサインはもう完璧《かんぺき》ね。あとは明日《あした》、ひろし君《くん》を呼《よ》び出《だ》すだけだわ」

わたしがそう言《い》うと、スズナちゃんは首《くび》をかしげた。

「レイカちゃんもひろし君《くん》との関係《かんけい》を改善《かいぜん》したいんですよね？　そっちのことは考《かんが》えなくていいんですか？」

「ええ、大丈夫《だいじょうぶ》よ」

わたしは自信満々《じしんまんまん》に笑《え》みを浮《う》かべる。

「――そっちはすでに作戦《さくせん》を考《かんが》えてあるから」

2　ひろし君《くん》との対決《たいけつ》

スズナちゃんとハンドサインの練習《れんしゅう》をした翌日《よくじつ》の昼休《ひるやす》み。

わたしとスズナちゃんは校舎《こうしゃ》の端《はし》でひろし君《くん》と向《む》かい合《あ》っていた。

「わざわざここまでして、呼《よ》び出《だ》した理由《りゆう》はなんなのですか？」

ひろし君《くん》の声色《こわいろ》にはかすかなあきれが混《ま》じっている。

彼《かれ》を教室《きょうしつ》から連《つ》れ出《だ》すのには苦労《くろう》した。

最初《さいしょ》は普通《ふつう》に「用《よう》があるから来《き》てほしい」と頼《たの》んだのだが、ひろし君《くん》は「僕《ぼく》には関係《かんけい》ありません」の一点張《いってんば》りでまったく動《うご》こうとしなかったのだ。

いつもならそこまで拒否《きょひ》されることはない。青鬼《あおおに》について聞《き》かれると思《おも》って警戒《けいかい》しているのだろう。そう思《おも》ったわたしは次《つぎ》の手《て》を打《う》つことにした。

作戦《さくせん》、というほどのものでもない。

頼《たの》みに応《おう》じてくれないのなら「青鬼《あおおに》という怪物《かいぶつ》が存在《そんざい》する！」とこの場《ば》で騒《さわ》ぎ立《た》てると、ひろし君《くん》に告《つ》げたのだ。

ストレートな脅《おど》しである。

わたしは少《すこ》し前《まえ》から、青鬼《あおおに》の存在《そんざい》とその危険性《きけんせい》を世間《せけん》に広《ひろ》めたほうがいいと考《かんが》えている。

しかしひろし君《くん》は真逆《まぎゃく》で、他人《たにん》を巻《ま》きこまないように、青鬼《あおおに》の情報《じょうほう》は伏《ふ》せておいたほうがいいと考《かんが》えているようだ。

その脅《おど》しはわたしには何《なん》のマイナスもなく、ひろし君《くん》だけが困《こま》るものだった。

ひろし君《くん》は小《ちい》さく眉《まゆ》をひそめた後《あと》、観念《かんねん》したように立《た》ち上《あ》がり、校舎《こうしゃ》の端《はし》までついてきてくれた。

わたしの好感度《こうかんど》はかなり下《さ》がっていると思《おも》うけれど、これもひろし君《くん》と話《はなし》をするために必要《ひつよう》なことだ。

実際《じっさい》、教室《きょうしつ》から連《つ》れ出《だ》せたのだし、これで良《よ》かったのだと思《おも》う。

「今日《きょう》、ひろし君《くん》を呼《よ》び出《だ》したのはスズナちゃんのリベンジを果《は》たすためよ」

わたしは腰《こし》に両手《りょうて》を当《あ》て、目《め》の前《まえ》のひろし君《くん》に対《たい》して好戦的《こうせんてき》な笑顔《えがお》を見《み》せた。

「リベンジ、ですか？」

青鬼関連《あおおにかんれん》の話題《わだい》ではなかったため、ひろし君《くん》は予想《よそう》と違《ちが》ったという表情《ひょうじょう》をしている。

もちろん、最終的《さいしゅうてき》には青鬼《あおおに》の話《はなし》につなげるつもりだが、今《いま》はまだ早《はや》い。

「この前《まえ》の日曜日《にちようび》、スズナちゃんの手品《てじな》のタネをみんなにバラしてしまったんでしょ？　それでスズナちゃんがリベンジに燃《も》えてるの」

「なるほど。それでスズナさんが一緒《いっしょ》だったのですね」

「はい！　だから今日《きょう》は新《あたら》しい方法《ほうほう》で、ひろし君《くん》を驚《おどろ》かせようと思《おも》って――」

やる気満々《きまんまん》のスズナちゃんがそう言《い》ったのと同時《どうじ》。

ひろし君《くん》は悩《なや》む素振《そぶ》りもなく、スズナちゃんに対《たい》して深々《ふかぶか》と頭《あたま》を下《さ》げた。

「え？」

スズナちゃんは突然《とつぜん》のことにあわてふためく。

いきなり上級生《じょうきゅうせい》が自分《じぶん》に向《む》かって頭《あたま》を下《さ》げたのだ。動揺《どうよう》するのも無理《むり》はない。

ひろし君《くん》は頭《あたま》を下《さ》げたまま言《い》う。

「申《もう》し訳《わけ》ありません。手品《てじな》のタネを明《あ》かすのはマナー違反《いはん》でした。スズナさんに嫌《いや》な思《おも》いをさせてしまったと反省《はんせい》しています」

「ひ、ひろし君《くん》！　頭《あたま》を上《あ》げてください！」

真面目《まじめ》に謝《あやま》るひろし君《くん》とあわてるスズナちゃんを見《み》て、わたしは苦笑《くしょう》する。それから確認《かくにん》するようにたずねた。

「悪気《わるぎ》はなかったのよね？」

ひろし君《くん》はようやく頭《あたま》を上《あ》げ、わたしたちと視線《しせん》を合《あ》わせる。

「はい、もちろんです。どこかで謝《あやま》らなければと思《おも》っていました」

真剣《しんけん》な謝罪《しゃざい》を受《う》けたスズナちゃんはもう怒《おこ》っていないようだった。

こういう時《とき》に、自分《じぶん》の非《ひ》をちゃんと認《みと》めて謝《あやま》るのはなかなかできることじゃない。やっぱりひろし君《くん》は大人《おとな》びていて、すごい人《ひと》だと思《おも》った。

……だがここですべてが解決《かいけつ》してしまうと、この後《あと》の計画《けいかく》が実行《じっこう》できなくなってしまう。

「ところで、わたしとスズナちゃんでリベンジするためのゲームを用意《ようい》していたんだけど、もったいないから付《つ》き合《あ》ってもらってもいいかしら？」

多少強引《たしょうごういん》だと思《おも》いながらもそう提案《ていあん》する。

「リベンジ用《よう》のゲーム、ですか。いいですよ。僕《ぼく》で良《よ》いなら相手《あいて》になります」

ひろし君《くん》はこころよくうなずいてくれた。

「それでね。わたしたちがこのゲームに勝《か》ったら——わたしの話《はなし》を聞《き》いてほしいの」

「……話《はなし》を？」

ひろし君《くん》の目《め》つきが鋭《するど》くなる。

わたしが何《なに》かたくらんでいることに気《き》づいて、警戒《けいかい》モードに入《はい》ったようだ。

しかし、逃《に》がさない。

「スズナちゃんに謝《あやま》ってくれたひろし君《くん》なら、このくらいの簡単《かんたん》なお願《ねが》い、聞《き》いてくれるわよね？　負《ま》けてもただ『話《はなし》を聞《き》く』だけだもの」

これはとんでもなく性格《せいかく》の悪《わる》いお願《ねが》いだった。

負《ま》けたら話《はなし》を聞《き》く、という何《なん》のデメリットもないお願《ねが》いをひろし君《くん》が断《ことわ》れば、さっきの謝罪《しゃざい》まで本心《ほんしん》かどうか疑《うたが》わしくなってしまう。

だから彼《かれ》は受《う》け入《い》れるしかないのだ。

わたしは今《いま》のひろし君《くん》に一度《いちど》でいいから、きちんと話《はなし》を聞《き》いてもらう場《ば》を作《つく》りたかった。最近《さいきん》の調査《ちょうさ》クラブの戦《たたか》い。そして碧奥《へきお》モールでクロさんと会《あ》ったことを聞《き》いてほしかった。

「わかりました。いいでしょう」

ひろし君《くん》はすべてを理解《りかい》したらしく、その上《うえ》で大《おお》きなため息《いき》をついてうなずいた。

スズナちゃんは、わたしとひろし君《くん》のやりとりの意味《いみ》をわかっていないようで、きょとんとしている。

「……？」

スズナちゃんはそれでいい。純粋《じゅんすい》なままでいてほしい。

……と思《おも》いつつ、最近《さいきん》はわたしやゲンノウさんの影響《えいきょう》で、だんだん変《へん》な方向《ほうこう》に頭《あたま》が回《まわ》るようになってきていて心配《しんぱい》だ。

ともかく、ひろし君《くん》とゲームをする状況《じょうきょう》を作《つく》り出《だ》すことはできた。

「ゲームの内容《ないよう》は簡単《かんたん》よ。今《いま》からひろし君《くん》にはスズナちゃんに見《み》えないように、トランプのカードを十枚《じゅうまい》引《ひ》いてもらうわ。そしてスズナちゃんがそれらのカードの合計《ごうけい》の数字《すうじ》を当《あ》てる。ひろし君《くん》がそのタネを見破《みやぶ》れたら勝《か》ち。見破《みやぶ》れなかったら負《ま》けよ」

「……手品《てじな》のタネを見破《みやぶ》って明《あ》かしてもいいのですか？　それはマナー違反《いはん》になるという話《はなし》だっ

たのでは？」

ひろし君《くん》はわたしを見《み》つめてそう言《い》う。

「た、たしかにそうだけど、今回《こんかい》はタネを知《し》ってるわたしたちしかいないから、いいのよ！」

わたしは思《おも》い切《き》り顔《かお》をそむけて知《し》らんぷりをした。

このゲームに限《かぎ》っては、タネを見破《みやぶ》られても問題《もんだい》ない。

というよりも、見破《みやぶ》ってもらわなければ困《こま》るのだ。

──ひろし君《くん》が『通《とお》し』に気《き》づいた時《とき》、このゲームは初《はじ》めて意味《いみ》を持《も》つのだから。

「では、山札《やまふだ》の好《す》きな位置《いち》からカードを十枚引《じゅうまいひ》いてください」

準備《じゅんび》していたトランプを取《と》り出《だ》したスズナちゃんは、ひろし君《くん》の前《まえ》でしっかりとシャッフルし、山札《やまふだ》を差《さ》し出《だ》した。

「わたしはひろし君《くん》と一緒《いっしょ》に、カードの数字《すうじ》の合計《ごうけい》をチェックするわね」

ひろし君《くん》の後《うし》ろに回《まわ》りこむ。特《とく》に警戒《けいかい》されている様子《ようす》はない。

ひろし君《くん》は山札《やまふだ》から一枚目《いちまいめ》のカードをゆっくりと引《ひ》き抜《ぬ》いた。

クローバーの６。

わたしはひろし君《くん》の死角《しかく》に立《た》ち、右手《みぎて》の指《ゆび》を五本《ごほん》、左手《ひだりて》の指《ゆび》を一本《いっぽん》、計六本《けいろっぽん》を立《た》てる。

スズナちゃんは一瞬《いっしゅん》だけ、わたしの指《ゆび》に目《め》をやり、すぐひろし君《くん》に視線《しせん》を戻《もど》した。

その後《あと》もひろし君《くん》は同《おな》じペースでカードを引《ひ》き続《つづ》け、ババ抜《ぬ》きの時《とき》みたいにおうぎ形《がた》に広《ひろ》げていく。

わたしは一枚《いちまい》ずつ間違《まちが》いがないように、ていねいなハンドサインでスズナちゃんに数字《すうじ》を伝《つた》えていった。

このゲームはカードの数字《すうじ》がわかっても、頭《あたま》の中《なか》でカード十枚分《じゅうまいぶん》の足《た》し算《ざん》をしなければならない。その点《てん》だけが心配《しんぱい》だけれども、スズナちゃんは算数《さんすう》が得意教科《とくいきょうか》らしく、練習《れんしゅう》では一度《いちど》も失敗《しっぱい》しなかった。

ひろし君《くん》はカードを十枚引《じゅうまいひ》き終《お》わると、手札全体《てふだぜんたい》をながめた。

「合計《ごうけい》の数《かず》が計算《けいさん》できました。それではスズナさん、当《あ》ててみてください」

そう言《い》ったひろし君《くん》の目《め》が怪《あや》しむように、すっと細《ほそ》められる。

スズナちゃんはハンドサインを確認《かくにん》するために、何度《なんど》も視線《しせん》を移動《いどう》させていた。それに気《き》づいたのかもしれない。

だが、『通《とお》し』が見破《みやぶ》られるのは作戦《さくせん》のうちだ。

わたしは落《お》ち着《つ》いたまま、ひろし君《くん》の手札《てふだ》の数字《すうじ》を足《た》していく。

合計《ごうけい》は六十四《ろくじゅうよん》だ。

そしてスズナちゃんが自信満々《じしんまんまん》に宣言《せんげん》する。

「答《こた》えは――六十四《ろくじゅうよん》です！」

「……正解《せいかい》です」

ひろし君《くん》の声色《こわいろ》に動揺《どうよう》が混《ま》じる。

わたしはすぐさま彼《かれ》に向《む》かって言《い》った。

「ひろし君《くん》、特別《とくべつ》にヒントをあげるわ。今回《こんかい》の手品《てじな》のタネは、図書室《としょしつ》であなたがスズナちゃんに見《み》せた手品《てじな》のタネと同《おな》じよ」

「……」

ひろし君《くん》は黙《だま》ってしまった。

「えっと……ひろし君《くん》？　大丈夫《だいじょうぶ》ですか？」

様子《ようす》がおかしいことに気《き》づいたスズナちゃんが声《こえ》をかける。

「……ええ、問題《もんだい》ありません」

手札《てふだ》のカードを束《たば》ねて、ひろし君《くん》はこちらを向《む》く。

ひろし君《くん》は真剣《しんけん》な顔《かお》つきをしていた。

「あなたは本当《ほんとう》にあなどれない人《ひと》ですね」

「何《なん》のことかしら？」

わたしはしらばっくれるように言《い》った。

しかし、ひろし君《くん》が動揺《どうよう》した理由《りゆう》はわかっている。

ひろし君《くん》は頭《あたま》がいい。今《いま》までのスズナちゃんの視線《しせん》移動《いどう》とわたしが出《だ》したヒントから、このゲームに『通《とお》し』が使《つか》われていることに気《き》づいたはず。

でも、ひろし君《くん》は絶対《ぜったい》にこのゲームで勝《か》つことができない。

なぜなら、ひろし君《くん》が「このゲームには『通《とお》し』が使《つか》われている」と答《こた》えてしまったら、同時《どうじ》に自分《じぶん》が図書室《としょしつ》で『通《とお》し』を使《つか》ったことを認《みと》める形《かたち》になるからだ。

――そして、それは犬《いぬ》のタケル君《くん》と意思疎通《いしそつう》できると認《みと》めるのと同《おな》じ。

わたしの予想《よそう》では、ひろし君《くん》はタケル君《くん》と何《なん》らかの方法《ほうほう》で、お互《たが》いの考《かんが》えを伝《つた》え合《あ》うことができるのだと思《おも》っている。

でもそんなすごいことができるのに、ふだんのひろし君《くん》はタケル君《くん》と意思疎通《いしそつう》できる素振《そぶ》りを見《み》せていないし、自慢《じまん》する様子《ようす》もない。

つまり二人《ふたり》は意思疎通《いしそつう》できることを隠《かく》しているのだ。

だからここで、ゲームのタネが『通《とお》し』を使《つか》ったものであると答《こた》えることはできない。

スズナちゃんのゲームに乗《の》った時点《じてん》で、ひろし君《くん》に勝《か》ち目《め》はなかったのだ。

「……何《なに》が目的《もくてき》ですか」

ひろし君《くん》は少《すこ》しだけ怒《おこ》ったようにたずねてくる。

「最初《さいしょ》から言《い》ってるでしょ。わたしはただ、ひろし君《くん》に話《はなし》を聞《き》いてほしいだけ。そのためなら、こんな嫌《いや》な方法《ほうほう》だって取《と》る」

「二人《ふたり》とも、何《なん》の話《はなし》を……？」

スズナちゃんは完全《かんぜん》に置《お》いてけぼりになってしまっている。

あとで一《いち》から解説《かいせつ》してもいいけれど、やり方《かた》が汚《きたな》いとしかられそうなので、ごまかすのが無難《ぶなん》かもしれない。

「ひろし君《くん》が秘密《ひみつ》を抱《かか》えていたとして、わたしたちがそれを言《い》いふらすことはない。だからお願《ねが》い。最近《さいきん》の調査《ちょうさ》クラブが青鬼《あおおに》とどう戦《たたか》ってきたか、それを聞《き》いてほしい。ひろし君《くん》と情報交換《じょうほうこうかん》しても、わたしたちが新《あたら》しく何《なに》かに巻《ま》きこまれることはないわ。それ以上《いじょう》の戦《たたか》いをすでにしているんだもの」

「……」

ひろし君《くん》は考《かんが》えるようにしばらく黙《だま》った後《あと》、大《おお》きく息《いき》をはく。

「わかりました。このゲームは僕《ぼく》の負《ま》けでかまいません。レイカさんのお話《はなし》もしっかり聞《き》こうと思《おも》います」

「ありがとう、ひろし君《くん》。ごめんね、こんなやり方《かた》になっちゃって」

そうやって謝《あやま》りつつ、わたしはほっと胸《むね》をなでおろした。

わたしの話《はなし》を聞《き》くことを本気《ほんき》で拒否《きょひ》しようと思《おも》えば、こんなゲームの勝敗《しょうはい》なんて放《ほう》り出《だ》して帰《かえ》ってしまうことだってできたはずだ。

しかし、ひろし君《くん》は正面《しょうめん》から向《む》き合《あ》ってくれた。

そのことがとてもうれしい。

「スズナちゃんもありがとね。これでやっとひろし君《くん》に話《はなし》を聞《き》いてもらうことができるわ」

「な、なんでひろし君《くん》はいきなり負《ま》けを認《みと》めたんでしょうか……？」

スズナちゃんはまだ事態《じたい》を飲《の》みこめていないようだ。しかし、この状況《じょうきょう》を作《つく》り出《だ》せたのは間違《まちが》いなくスズナちゃんのおかげだった。

ひろし君《くん》のほうに向《む》き直《なお》って、わたしは真剣《しんけん》な表情《ひょうじょう》になる。

「じゃあ、わたしたちが最近《さいきん》、どんな戦《たたか》いをしてきたのかを話《はな》していくわね」

そうしてわたしは語《かた》り始《はじ》めた。

まほろば遊園地《ゆうえんち》の件《けん》までは情報共有《じょうほうきょうゆう》していたので、碧奥天文台《へきおてんもんだい》や碧奥《へきお》モール、碧奥墓地《へきおぼち》での出《で》来事《きごと》を中心《ちゅうしん》に伝《つた》えていく。

特《とく》に『兵隊《へいたい》の王《おう》』とクロさんに関《かか》わることは詳《くわ》しく説明《せつめい》した。

ひろし君《くん》とスズナちゃんは静《しず》かに聞《き》いていてくれた。

わたしが最後《さいご》まで話《はな》し終《お》えると、ほんのりと苦《にが》い表情《ひょうじょう》を浮《う》かべて、ひろし君《くん》が口《くち》を開《ひら》く。

「……レイカさんたちがそのようなことになっていたとは、予想《よそう》していませんでした」

ひろし君《くん》はすっと目《め》を伏《ふ》せる。

「ここのところ、冷《つめ》たい態度《たいど》を取《と》ってしまってすみません。……先日《せんじつ》、僕《ぼく》やタケル君《くん》たちはエキサイドシネマでクロさんや怪物《かいぶつ》と遭遇《そうぐう》しました。その時《とき》、クロさんの攻撃《こうげき》によって、あと少《すこ》しで卓郎君《たくろうくん》が命《いのち》を落《お》とすところだったのです。――だから、僕《ぼく》はレイカさんたちにクロさんと関《かか》わってほしくなくて、情報《じょうほう》を渡《わた》すことを避《さ》けるようになりました」

ひろし君《くん》がわたしに冷《つめ》たかった理由《りゆう》は、だいたい想像《そうぞう》していた通《とお》りだった。

クロさんや青鬼《あおおに》によって仲間《なかま》が死《し》ぬところだった。

そんな怖《こわ》い体験《たいけん》をしてしまったら、調査《ちょうさ》クラブを巻《ま》きこむことをためらって当然《とうぜん》だ。

「でも調査《ちょうさ》クラブのみなさんは僕《ぼく》からの情報《じょうほう》がなくても、クロさんや怪物《かいぶつ》と戦《たたか》うことになり、そして生《い》き残《のこ》った。すでにあなたがたはクロさんと深《ふか》く関《かか》わってしまった。なら、もう僕《ぼく》が情報《じょうほう》を隠《かく》す必要《ひつよう》はありません」

大《おお》きく顔《かお》を上《あ》げたひろし君《くん》は、わたしと目《め》を合《あ》わせて言《い》った。

「よければ、また情報交換《じょうほうこうかん》をしてもらえますか？　クロさんや怪物《かいぶつ》と戦《たたか》う、仲間《なかま》として」

わたしとスズナちゃんは明《あか》るい表情《ひょうじょう》になって顔《かお》を見合《みあ》わせる。

それから、ひろし君《くん》に向《む》かって大《おお》きく笑《え》みを浮《う》かべた。

「もちろん！」

「でも、なるべく危険《きけん》なことはしないでください。レイカさんたちがケガをした、などという報《ほう》告《こく》は聞《き》きたくありませんから」

ひろし君《くん》は元《もと》の落《お》ち着《つ》いた様子《ようす》に戻《もど》ってクギを刺《さ》してくる。

わたしはあからさまに目《め》をそらす。

もうすでに新《あたら》しい《王種《おうしゅ》》を追《お》って、碧奥《へきおう》グランドホテルに向《む》かうことが決《き》まっている。

それは危険《きけん》な場所《ばしょ》に自《みずか》ら飛《と》びこむ行為《こうい》だ。

ひろし君《くん》に知《し》られたら、止《と》められるかもしれない。

しかし、ひろし君《くん》はわたしの異変《いへん》を見逃《みのが》してくれなかった。

「なぜ目《め》をそらすんですか？」

問《と》い詰《つ》めるような声色《こわいろ》で、ひろし君《くん》が質問《しつもん》してくる。

目《め》をそらしたまま、知《し》らんぷりを続《つづ》けていると、ひろし君《くん》の冷《つめ》たい視線《しせん》がゆっくりとスズナちゃんに向《む》いていく。

「スズナさん、何《なに》か知《し》っていますか？」

「え、ええと……」

スズナちゃんはどう答《こた》えるべきかしばらく迷《まよ》っていたけれど、ひろし君《くん》の視線《しせん》の圧《あつ》に負《ま》けて、観念《かんねん》したように言《い》った。

「その……二日後《ふつかご》、新《あたら》しい《王種《おうしゅ》》を探《さが》しに、碧奥《へきお》グランドホテルに行《い》くことになっているんです」

「――《王種《おうしゅ》》を放《ほう》っておくわけにはいかないわ！　誰《だれ》かが傷《きず》つく前《まえ》に、わたしたちが止《と》めなくちゃ！」

わたしは目《め》をそらすのをやめ、開《ひら》き直《なお》って、ひろし君《くん》と向《む》き合《あ》う。

ひろし君《くん》が止《と》めてきても、ここだけはゆずれない。

けれど、ひろし君《くん》の反応《はんのう》は思《おも》ったものと違《ちが》っていた。

「なるほど。そうなのですか」

そう言《い》ったひろし君《くん》は続《つづ》けて、思《おも》わぬ提案《ていあん》をしてきたのだ。

「もしよければ、僕《ぼく》も一緒《いっしょ》に行《い》っていいですか？　《王種《おうしゅ》》という存在《そんざい》に興味《きょうみ》がありますし、調《ちょう》査《さ》クラブのみなさんの活動《かつどう》も、この目《め》で見《み》ておきたいですから」

3　碧奥《へきお》グランドホテル

十月二日《じゅうがつふつか》、十七時半《じゅうしちじはん》。

オカルト調査《ちょうさ》クラブのメンバー全員《ぜんいん》とひろし君《くん》は、碧奥《へきお》グランドホテルの前《まえ》に立《た》ち、その地上《ちじょう》十五階建《じゅうごかいだ》ての建物《たてもの》を見上《みあ》げていた。

「かなり立派《りっぱ》なホテルね」

オシャレなスーツやドレスを着《き》た大人《おとな》たちがホテルに入《はい》っていく。荷物《にもつ》はあまり持《も》っていないので、宿泊客《しゅくはくきゃく》ではなさそうだ。

今日《きょう》はゲンノウさんが招待《しょうたい》されたオカルト系《けい》のパーティー以外《いがい》にも、いくつか大《おお》きなパーティーが開催《かいさい》されるらしいので、そこに招待《しょうたい》された人《ひと》たちかもしれない。

「ちょっと入《はい》りづらいな……」

周囲《しゅうい》の人々《ひとびと》の服装《ふくそう》を見《み》て、優助《ゆうすけ》が苦笑《くしょう》する。

ホテルに行《い》くということで、わたしたちもいつもよりはきれいな服《ふく》を着《き》ていた。

学校《がっこう》が終《お》わった後《あと》に一度家《いちどいえ》に帰《かえ》って、それぞれが持《も》っている中《なか》で一番大人《いちばんおとな》に見《み》える服《ふく》に着替《きが》え

てきたのだ。

それでも、周《まわ》りの大人《おとな》たちのキラキラした服装《ふくそう》にはかなわない。

「何《なに》を気《き》にしているのですか？　そろそろ中《なか》に入《はい》りましょう」

ひろし君《くん》は気圧《けお》されるわたしたちを不思議《ふしぎ》そうに見《み》ていた。

周囲《しゅうい》のことは気《き》にしない。とてもひろし君《くん》らしい反応《はんのう》だ。

しかし、彼《かれ》が身《み》だしなみに気《き》をつかっていないのかというと、そういうわけではない。

ひろし君《くん》はフォーマルな子《こ》ども用《よう》のジャケットを羽織《はお》っており、大人顔負《おとなかおま》けのカッコいい外見《がいけん》に仕上《しあ》げてきていた。

――結局《けっきょく》、今回《こんかい》の調査《ちょうさ》にはひろし君《くん》も参加《さんか》

することになった。

ひろし君《くん》から「一緒《いっしょ》に行《い》きたい」という申《もう》し出《で》を受《う》けた後《あと》、ゲンノウさんや優助《ゆうすけ》、知香君《ちかくん》とも相談《そうだん》した上《うえ》で、特別《とくべつ》に参加《さんか》を許可《きょか》することにしたのだ。

ひろし君《くん》はすでに知香君《ちかくん》やゲンノウさんなど、今《いま》まであまり関《かか》わりがなかったメンバーへのあいさつを終《お》えていて、意外《いがい》と調査《ちょうさ》クラブになじんでいる。

「ふっ、ホテルの雰囲気《ふんいき》に緊張《きんちょう》する必要《ひつよう》などないさ。オカルト研究者《けんきゅうしゃ》の中《なか》には見《み》た目《め》を気《き》にしない人間《にんげん》もたくさんいる。君《きみ》たちはしっかりしているほうだよ」

スーツに身《み》を包《つつ》んだゲンノウさんはそう笑《わら》い飛《と》ばし、ホテルの入《い》り口《ぐち》へと向《む》かっていった。

わたしたちは覚悟《かくご》を決《き》めて、ゲンノウさんの後《あと》についていく。

「一度《いちど》来《き》たことがありますけど……やっぱりすごいです……っ」

ホテルの一階《いっかい》ロビーまで進《すす》むと、スズナちゃんが感嘆《かんたん》するようにつぶやいた。

巨大《きょだい》なシャンデリアが落《お》ち着《つ》いたオレンジ色《いろ》の光《ひかり》を放《はな》ち、シックな色合《いろあ》いの革《かわ》のソファがいくつも並《なら》んでいる。

高《たか》そうな絵画《かいが》や壺《つぼ》などの美術品《びじゅつひん》もたくさん飾《かざ》られていて、とても豪華《ごうか》な空間《くうかん》だった。

ゲンノウさんは「緊張《きんちょう》する必要《ひつよう》などない」と言《い》うが、無理《むり》な話《はなし》だ。

あまりに非日常的《ひにちじょうてき》な光景《こうけい》に、どうしても胸《むね》がドキドキしてしまう。

だがいつまでもこの調子《ちょうし》じゃいけない。

ここに来《き》た真《しん》の目的《もくてき》は《王種《おうしゅ》》の調査《ちょうさ》だ。

青鬼《あおおに》と戦《たたか》うことになる可能性《かのうせい》もある。ちゃんと状況《じょうきょう》に対応《たいおう》できるように、少《すこ》しずつでもこの場《ば》に慣《な》れなければいけなかった。

ゲンノウさんは招待状《しょうたいじょう》を取《と》り出《だ》し、パーティー会場《かいじょう》の場所《ばしょ》を確認《かくにん》する。

「私《わたし》たちが向《む》かうのは小《しょう》ホールだ。どうやら二階《にかい》のようだね」

わたしたちはロビーを通《とお》り過《す》ぎ、大《おお》きな階段《かいだん》をのぼっていく。

二階《にかい》に到着《とうちゃく》すると、パーティーに招待《しょうたい》された人向《ひとむ》けの案内《あんない》ボードがいくつか用意《ようい》されていた。

小《しょう》ホールは向《む》かって右手《みぎて》に進《すす》んだ先《さき》にあるらしい。

知香君《ちかくん》が近《ちか》づいてきて、わたしにこそっと耳打《みみう》ちする。

「レイカ。《王種《おうしゅ》》の気配《けはい》の痕跡《こんせき》がそこら中《じゅう》にある。やはりこのホテルのどこかにいるようだ。

僕《ぼく》とたまちゃんは会場《かいじょう》に行《い》かず、このままホテルの調査《ちょうさ》を始《はじ》めるよ」

知香君《ちかくん》は布《ぬの》のかかった小《ちい》さな鳥《とり》かごのようなものを持《も》っていた。

わたしがそっと布《ぬの》をめくると、かごの中《なか》にいるたまちゃんと目《め》が合《あ》う。

たまちゃんは楽《たの》しそうに笑顔《えがお》を浮《う》かべた。

ホテルの中《なか》にはたくさんの人目《ひとめ》があるため、たまちゃんの姿《すがた》を隠《かく》すには、こうするのがベストだった。幸《さいわ》い、たまちゃんは特《とく》にきゅうくつそうではなく、姿《すがた》を隠《かく》しての潜入《せんにゅう》を楽《たの》しんでいるようだ。

わたしはたまちゃんに小《ちい》さく微笑《ほほえ》んでから、布《ぬの》をかけ直《なお》す。

「《王種《おうしゅ》》の居場所《いばしょ》がわかったら、すぐに呼《よ》びにいく。レイカたちも周囲《しゅうい》の様子《ようす》には注意《ちゅうい》してくれ」

「うん、よろしくね」

わたしがうなずくと、知香君《ちかくん》はすっと調査《ちょうさ》クラブから離《はな》れていった。

ホテルの中《なか》には入《はい》れたものの、全員《ぜんいん》で《王種《おうしゅ》》を探《さが》せば、どうしても目立《めだ》ってしまう。

だから、知香君《ちかくん》がある程度《ていど》の位置《いち》を突《つ》き止《と》めるまで、他《ほか》のメンバーは待機《たいき》。

それが事前《じぜん》に決《き》めた作戦《さくせん》だった。

ここからしばらくは、パーティーを楽《たの》しむ子《こ》どもとして振《ふ》る舞《ま》う予定《よてい》だ。

もちろん単純《たんじゅん》に、オカルト関係者《かんけいしゃ》が集《あつ》まるパーティーに興味《きょうみ》もある。

知香君《ちかくん》と別《わか》れたわたしたちは案内《あんない》に従《したが》って、再《ふたた》び歩《ある》き出《だ》す。

小《しょう》ホールまでの経路《けいろ》は一本道《いっぽんみち》で、迷《まよ》うことなく目的地《もくてきち》にたどり着《つ》けた。

小《しょう》ホール入《い》り口《ぐち》の手前《てまえ》には、招待《しょうたい》された人間《にんげん》かどうかをチェックする受付《うけつけ》が設《もう》けられていた。長机《ながづくえ》の上《うえ》には招待客《しょうたいきゃく》の名簿《めいぼ》が置《お》かれていて、受付《うけつけ》の担当者《たんとうしゃ》がやってきた人《ひと》に順番《じゅんばん》に名前《なまえ》を聞《き》き、照《て》らし合《あ》わせている。

この辺《あた》りにいる人《ひと》はみんな、オカルト関係者《かんけいしゃ》のはずだ。

そう思《おも》って周囲《しゅうい》を見回《みまわ》すと、さっきゲンノウさんが緊張《きんちょう》しなくていいと言《い》っていた意味《いみ》がようやくわかった。

小《しょう》ホール前《まえ》に集《あつ》まった人《ひと》の中《なか》には、スーツやドレスではなく、よれよれのシャツを着《き》ている人《ひと》も多《おお》くいたのだ。

わたしが首《くび》をかしげていることに気《き》づいたのか、ゲンノウさんがくすっと笑《わら》う。

「レイカ君《くん》。オカルト研究者《けんきゅうしゃ》にとって一番大切《いちばんたいせつ》なものは何《なん》だと思《おも》うかね？」

「それは……当然《とうぜん》、オカルトです」

「その通《とお》り！　ここにいる同志《どうし》たちはオカルトが何《なに》よりも大好《だいす》きだ！　そして身《み》だしなみに興味《きょうみ》がない者《もの》も多《おお》くいる。良《よ》い服《ふく》を着《き》ても、それで幽霊《ゆうれい》が寄《よ》ってくるわけではないからね。無論《むろん》、他《た》人《にん》の服装《ふくそう》にも関心《かんしん》はないだろう。彼《かれ》らが興味《きょうみ》を持《も》つのは、己《おのれ》の好奇心《こうきしん》を刺激《しげき》するオカルトだけなのだよ！」

ゲンノウさんは胸《むね》を張《は》って誇《ほこ》らしげにそう言《い》った。

しかし、隣《となり》で聞《き》いていたスズナちゃんは白《しら》けた表情《ひょうじょう》で返《かえ》す。

「でもこういう場所《ばしょ》では、少《すこ》しくらい気《き》をつかうべきだと思《おも》います」

「まあ、たしかにスズナ君《くん》の意見《いけん》は正《ただ》しい。君《きみ》たちに見習《みなら》ってほしいというわけじゃなく、あくまで、ここでは気《き》にしすぎなくて良《よ》いという話《はなし》さ」

そう微笑《ほほえ》んだゲンノウさんも今日《きょう》はきれいなスーツを着《き》ているわけだし、ある程度《ていど》の身《み》だしなみは整《ととの》える必要《ひつよう》があると思《おも》う。

だが、ゲンノウさんの言葉《ことば》で緊張《きんちょう》していた気持《きも》ちが少《すこ》しやわらいだのも事実《じじつ》だ。

ゲンノウさんが全員分《ぜんいんぶん》の受付《うけつけ》を済《す》ませた後《あと》、わたしたちは小《しょう》ホールの中《なか》に足《あし》を踏《ふ》み入《い》れた。

小《しょう》ホールという名前《なまえ》だが、中《なか》は北部小《ほくぶしょう》の体育館《たいいくかん》より少《すこ》しせまいくらいで、じゅうぶんな広《ひろ》さがあった。

一階《いっかい》のロビーと同《おな》じで、キラキラとした大《おお》きなシャンデリアが複数設置《ふくすうせっち》されていて、並《なら》べられたテーブルには様々《さまざま》な料理《りょうり》が置《お》かれている。

「すごいな！　あれ、俺《おれ》たちも食《た》べていいのか⁉」

優助《ゆうすけ》が目《め》を輝《かがや》かせて前《まえ》のめりになる。

「ええ。あれは食《た》べたい料理《りょうり》を自分《じぶん》の皿《さら》に取《と》り分《わ》ける、ビュッフェという形式《けいしき》です。個人《こじん》の席《せき》は用意《ようい》されていないので、立《た》って食《た》べるのが普通《ふつう》ですね」

ひろし君《くん》が優助《ゆうすけ》の疑問《ぎもん》にさらりと答《こた》えた。

「なるほどな！　よっしゃ、俺《おれ》はどんな料理《りょうり》があるのか見《み》てくる！」

優助《ゆうすけ》は料理《りょうり》が並《なら》んだテーブルへと足早《あしばや》に向《む》かっていく。

「優助《ゆうすけ》、本来《ほんらい》の目的《もくてき》を忘《わす》れちゃダメだからね！」

わたしは小声《こごえ》で注意《ちゅうい》するが、優助《ゆうすけ》はわかってるというふうに親指《おやゆび》を立《た》てて、結局《けっきょく》、料理《りょうり》に吸《す》い寄《よ》せられていった。

ゲンノウさんは優助《ゆうすけ》の後《うし》ろ姿《すがた》を見《み》ながら言《い》う。

「《王種《おうしゅ》》の居場所《いばしょ》のめどが立《た》つまでは、自由《じゆう》に楽《たの》しんでもらえばいいだろう」

「そうですね……。優助《ゆうすけ》は青鬼《あおおに》以外《いがい》のオカルトに興味《きょうみ》ないでしょうし」

この後《あと》、優秀《ゆうしゅう》なオカルト本《ぼん》を決《き》めるイベントが行《おこな》われるはずだが、調査《ちょうさ》クラブの中《なか》でそれを楽《たの》しみにしているのはわたしとゲンノウさんだけだ。

「スズナちゃんも退屈《たいくつ》だったら、料理《りょうり》を食《た》べてきていいわよ？」

わたしはスズナちゃんにそう告《つ》げる。

しかし、スズナちゃんはぶんぶんと首《くび》を横《よこ》に振《ふ》った。

「いえ、私《わたし》はレイカちゃんのそばにいます！　たくさんの知《し》らない人《ひと》に囲《かこ》まれるのは怖《こわ》いですし、それにその、ここにいるのがゲンノウさんみたいな人《ひと》ばかりだと思《おも》うと……」

青《あお》ざめるスズナちゃんを見《み》て、わたしは思《おも》わず吹《ふ》き出《だ》してしまう。

ゲンノウさんみたいなタイプが天敵《てんてき》のスズナちゃんからすると、たしかにこの場所《ばしょ》は恐《おそ》ろしいのかもしれない。

「そこまで警戒《けいかい》しなくても大丈夫《だいじょうぶ》だとは思《おも》うのだが……」

と、ゲンノウさんが苦々《にがにが》しい表情《ひょうじょう》を見《み》せた時《とき》だった。

「――む、そこにいるのはゲンノウ氏《し》じゃないか！」

すぐ近《ちか》くから、とても大《おお》きな声《こえ》が聞《き》こえた。

いきなりだったので、スズナちゃんがびくっと身体《からだ》をふるわせる。

わたしが視線《しせん》を向《む》けると、そこには細長《ほそなが》い身体《からだ》に眼鏡《めがね》をかけ、白衣《はくい》を着《き》たおじさんが立《た》っていた。

「おお、トノマチ君《くん》。久《ひさ》しぶりだね。元気《げんき》だったかい？」

どうやらゲンノウさんの知《し》り合《あ》いのようで、二人《ふたり》は軽《かる》く世間話《せけんばなし》を始《はじ》める。

「あの方《かた》もオカルトを研究《けんきゅう》しているのでしょうか？」

わたしたちの後《うし》ろに立《た》っていたひろし君《くん》は、興味深《きょうみぶか》そうにトノマチと呼《よ》ばれたおじさんを見《み》ていた。

「あの人《ひと》に興味《きょうみ》があるの？」

「はい。正確《せいかく》に言《い》うと、この場《ば》にいる全員《ぜんいん》に興味《きょうみ》があります」

ひろし君《くん》は会場内《かいじょうない》をぐるりと見回《みまわ》す。

「珍《めずら》しいわね。ひろし君《くん》は他人《たにん》にあまり興味《きょうみ》を持《も》つタイプじゃないと思《おも》っていたけど」

「そうかもしれません。ただ不思議《ふしぎ》に思《おも》うのです。なぜここにいる人々《ひとびと》は、多《おお》くの時間《じかん》を割《さ》いてオカルトなどという非現実的《ひげんじつてき》なものを研究《けんきゅう》しているのだろうと」

「……なるほど。そういうことね」

ひろし君《くん》は青鬼《あおおに》の存在《そんざい》こそ認《みと》めているものの、その他《ほか》のオカルト――幽霊《ゆうれい》やＵＦＯ《ユーフォー》、都市伝説《としでんせつ》みたいなものは信《しん》じていない。

そんな彼《かれ》からすると、様々《さまざま》なオカルトを信《しん》じて活動《かつどう》する、わたしたちのような人間《にんげん》は理解《りかい》できないのだろう。

だからこそ、興味《きょうみ》の対象《たいしょう》になっているようだ。

「オカルトというのは非現実的《ひげんじつてき》であるから、面白《おもしろ》いんだよ！」

ふと気《き》づくと、すぐ横《よこ》にトノマチさんがいた。

ひろし君《くん》は突然近《とつぜんちか》くに現《あらわ》れたトノマチさんに驚《おどろ》いたようで、少《すこ》しだけ目《め》を見開《みひら》く。

「失礼《しつれい》。ワタシは心霊研究家《しんれいけんきゅうか》のトノマチです。たまたま話《はなし》が聞《き》こえたものでね。思《おも》わず割《わ》りこんでしまった！」

トノマチさんはひろし君《くん》にぐっと顔《かお》を近《ちか》づける。声《こえ》が大《おお》きい。

ぐいぐいと距離《きょり》を詰《つ》めてくるトノマチさんに、ひろし君《くん》はとまどっているようだ。

トノマチさんはにこにこしていて優《やさ》しそうな見《み》た目《め》だが、やはり普通《ふつう》の大人《おとな》とは違《ちが》って、一癖《ひとくせ》ありそうだった。

「オカルトが非現実的《ひげんじつてき》だと思《おも》われていることはワタシも理解《りかい》している。しかし、だからこそ追《お》い求《もと》める価値《かち》があると思《おも》うんだ。世間《せけん》がありえないと否定《ひてい》する現象《げんしょう》の中《なか》に、本物《ほんもの》の心霊現象《しんれいげんしょう》があったら、それは素晴《すば》らしい発見《はっけん》だろう？　そしてワタシは実際《じっさい》に何体《なんたい》かの本物《ほんもの》の幽霊《ゆうれい》に出会《であ》っている！　その出会《であ》いはとても刺激的《しげきてき》なんだ！」

熱《あつ》い。オカルトへの愛《あい》が伝《つた》わってくる。ここまで共感《きょうかん》できる人物《じんぶつ》に出会《であ》ったのは久《ひさ》しぶりだ。

トノマチさんの言葉《ことば》を聞《き》いて、わたしのオカルトスイッチが入《はい》る。

「素晴《すば》らしい考《かんが》えだと思《おも》います！」

そして気《き》づけば、わたしは興奮気味《こうふんぎみ》に両手《りょうて》を握《にぎ》りしめて叫《さけ》んでいた。

「レ、レイカちゃん？」

「あ……」

スズナちゃんが少《すこ》し怖《こわ》がった様子《ようす》でこちらを見《み》ていて、それによって我《われ》に返《かえ》る。

この会場《かいじょう》に集《あつ》まっているのはオカルトが好《す》きな人《ひと》ばかり。

本来《ほんらい》、ここはわたしにとって夢《ゆめ》のような空間《くうかん》なのだ。

《王種《おうしゅ》》のことがなければ、全力《ぜんりょく》で楽《たの》しんでいただろう。オカルトスイッチが入《はい》らないほうが不《ふ》自然《しぜん》だ。

わたしは小《ちい》さくせき払《ばら》いをしてごまかそうとするが、スズナちゃんの視線《しせん》にはまだおびえが残《のこ》ったままだった。

その隣《となり》ではひろし君《くん》が理解《りかい》できないという目《め》でわたしを見《み》ている。

今日《きょう》はひろし君《くん》がいる分《ぶん》、アウェーのようだ。

「ほう！　どうやら君《きみ》はお仲間《なかま》のようだね、お嬢《じょう》さん。お名前《なまえ》はなんて言《い》うのかな？」

「レイカです。その、すみません。いきなり大《おお》きな声《こえ》を出《だ》して」

「構《かま》わないよ！　ワタシたちは愛《あい》するオカルトの話《はなし》をしているんだ。熱《あつ》くなって当然《とうぜん》だろう！」

トノマチさんとは仲良《なかよ》くなれそうだ。本当《ほんとう》は彼《かれ》の専門《せんもん》だという心霊現象《しんれいげんしょう》について、もっと詳《くわ》しく聞《き》いてみたいが、スズナちゃんたちがいる手前《てまえ》、あまりオカルト話《ばなし》に夢中《むちゅう》になるわけにはいかない。

わたしは暴走《ぼうそう》しないように、一度《いちど》大《おお》きく息《いき》を吸《す》う。そうして冷静《れいせい》になったところで、いつの間《ま》にかゲンノウさんの姿《すがた》が消《き》えていることに気《き》づいた。

「あれ？　ゲンノウさんはどこに――」

そうつぶやいた時《とき》、小《しょう》ホールの照明《しょうめい》が消《き》えた。

パーティー会場《かいじょう》が薄闇《うすやみ》に包《つつ》まれる。

一瞬《いっしゅん》、《王種《おうしゅ》》の襲撃《しゅうげき》かと身構《みがま》えたが、会場《かいじょう》の前方《ぜんぽう》に作《つく》られているステージには明《あ》かりがついたままで、マイクを持《も》った司会者《しかいしゃ》と思《おも》われる人《ひと》が現《あらわ》れた。

どうやらパーティーの演出《えんしゅつ》のようだ。

『それでは本日《ほんじつ》のメインイベントです！　今年一年《ことしいちねん》で優秀《ゆうしゅう》と評価《ひょうか》されたオカルト書籍《しょせき》の数々《かずかず》を発表《はっぴょう》いたします！』

司会者《しかいしゃ》の宣言《せんげん》に、パーティーに参加《さんか》しているオカルト関係者《かんけいしゃ》たちが盛《も》り上《あ》がる。取《と》り上《あ》げられる本《ほん》は一冊《いっさつ》ではないようで、いくつかの本《ほん》のタイトルが読《よ》み上《あ》げられていく。

その後《あと》、選《えら》ばれた本《ほん》を執筆《しっぴつ》した作者《さくしゃ》たちが一人《ひとり》ずつステージ上《じょう》に上《あ》がって、あいさつをしていった。

『さあ、次《つぎ》にごあいさついただくのは、今年《ことし》の最優秀賞《さいゆうしゅうしょう》に選《えら》ばれた書籍《しょせき》の著者《ちょしゃ》、オカルト研究家《けんきゅうか》——遠夢未成《とおゆめみせい》さんです！』

司会者《しかいしゃ》がマイク越《ご》しに明《あか》るい声《こえ》で告《つ》げる。

一瞬《いっしゅん》の静寂《せいじゃく》。

そして、わたしは目《め》を奪《うば》われた。

フォーマルな白《しろ》いドレスを着《き》こなした、きれいな女性《じょせい》がステージの上《うえ》に現《あらわ》れたからだ。

『ご紹介《しょうかい》にあずかりました、オカルト研究家《けんきゅうか》の遠夢未成《とおゆめみせい》です。この度《たび》は表彰《ひょうしょう》していただき、とても光栄《こうえい》に思《おも》います』

そう切《き》り出《だ》して美《うつく》しい笑《え》みを浮《う》かべた女性《じょせい》——未成《みせい》さんは、その後《あと》もはきはきと感謝《かんしゃ》の言葉《ことば》を述《の》べていく。

遠夢未成《とおゆめみせい》。オカルト研究家《けんきゅうか》として活動《かつどう》する彼女《かのじょ》のことは、以前《いぜん》から知《し》っていた。

彼女《かのじょ》は未確認生物《みかくにんせいぶつ》を追《お》いかけることが専門分野《せんもんぶんや》であり、宇宙人《うちゅうじん》からビッグフット、ツチノコな

ど様々《さまざま》な生《い》き物《もの》を探《さが》している。
本《ほん》の中《なか》ではとにかく未確認生物《みかくにんせいぶつ》を追《お》い求《もと》め続《つづ》けていて、その異常《いじょう》なまでの熱心《ねっしん》さはゲンノウさんに近《ちか》いものを感《かん》じていたのだが、それがまさかこんなにきれいな人《ひと》だとは思《おも》わなかった。

未成《みせい》さんの本《ほん》もすごく好《す》きなので、できればあとで話《はな》してみたい。

そう思《おも》っているとステージ上《じょう》にもう一人《ひとり》、人影《ひとかげ》が現《あらわ》れた。ゲンノウさんだ。

パーティーでコメントを求《もと》められていると言《い》っていたことを思《おも》い出《だ》す。

『ごきげんよう、諸君《しょくん》。オカルト民俗学者《みんぞくがくしゃ》の魔尾町現悩《まおまちげんのう》だ』

司会者《しかいしゃ》からマイクを受《う》け取《と》ったゲンノウさんが名乗《なの》ると、来場客《らいじょうきゃく》たちがざわつき始《はじ》める。

ちらりと視線《しせん》を向《む》けると、ゲンノウさんの姿《すがた》を見《み》て感激《かんげき》している、比較的若《ひかくてきわか》いオカルト関係者《かんけいしゃ》たちが目《め》についた。

やはり魔尾町現悩《まおまちげんのう》は、オカルト界隈《かいわい》では憧《あこが》れの存在《そんざい》のようだ。

「ゲンノウさんをありがたがる気持《きも》ちがわかりません……」

眉間《みけん》にしわを寄《よ》せたスズナちゃんがつぶやく。

「魔尾町《まおまち》さんは有名《ゆうめい》な学者《がくしゃ》なのですね」

ひろし君《くん》は感心《かんしん》したように、周囲《しゅうい》の人々《ひとびと》の反応《はんのう》を見《み》ていた。

『最近《さいきん》はある怪物《かいぶつ》の研究《けんきゅう》に没頭《ぼっとう》していてね。こういう場《ば》で表彰《ひょうしょう》されるような本《ほん》を書《か》けていないのだが、今年《ことし》は代《か》わりに遠夢未成《とおゆめみせい》が最優秀賞《さいゆうしゅうしょう》を飾《かざ》ってくれた。これは私《わたし》としても、とても誇《ほこ》らしいことだ』

ゲンノウさんは嬉《うれ》しそうな笑顔《えがお》で未成《みせい》さんに視線《しせん》を送《おく》る。

わたしはその仕草《しぐさ》に違和感《いわかん》を覚《おぼ》えた。ゲンノウさんは親《した》しくない他人《たにん》に対《たい》して、あんなふうに笑《わら》いかける人間《にんげん》ではないと思《おも》っていたけれど。

ステージ上《じょう》のゲンノウさんは笑顔《えがお》のまま、続《つづ》ける。

『おめでとう、未成《みせい》』

「……なんで名前《なまえ》呼《よ》び捨《す》てなんですか？」

スズナちゃんが嫌《いや》そうに顔《かお》をしかめる。

しかし、未成《みせい》さんは特《とく》に嫌《いや》がる様子《ようす》もなく、

『ありがとう、魔尾町《まおまち》くん』

と返《かえ》した。

そして、ゲンノウさんが会場《かいじょう》のほうに向《む》き直《なお》る。

『おっと。もしかしたら、私《わたし》と未成《みせい》の関係《かんけい》を知《し》らない者《もの》もいるかな？』

ゲンノウさんは一度《いちど》、せき払《ばら》いをしてから言《い》った。

『私《わたし》と彼女《かのじょ》は大学《だいがく》の同級生《どうきゅうせい》。そして私《わたし》の――唯一《ゆいいつ》の親友《しんゆう》なのだよ』

4 遠夢《とおゆめ》未成《みせい》

ゲンノウさんと未成《みせい》さんが、親友《しんゆう》。

その情報《じょうほう》は、わたしやスズナちゃんに大《おお》きな衝撃《しょうげき》を与《あた》えた。

ゲンノウさんに親友《しんゆう》がいる、という話《はなし》は前《まえ》に聞《き》いていた。

しかし、ゲンノウさんと似《に》たようなおじさんだと、調査《ちょうさ》クラブの誰《だれ》もが思《おも》っていたのだ。女性《じょせい》だとはまったく予想《よそう》していなかった。

ステージ上《じょう》でのメインイベントが終《お》わり、パーティー会場《かいじょう》の照明《しょうめい》は元《もと》の明《あか》るさに戻《もど》っていた。まだ驚《おどろ》きの感情《かんじょう》が収《おさ》まらないわたしとスズナちゃんのもとに、ゲンノウさんが未成《みせい》さんを連《つ》れてやってくる。

優助《ゆうすけ》は少《すこ》し離《はな》れたテーブルで皿《さら》に盛《も》りつけた料理《りょうり》を食《た》べており、ひろし君《くん》も青鬼《あおおに》以外《いがい》のことにはあまり関心《かんしん》がないようで、優助《ゆうすけ》が食《た》べる様子《ようす》を近《ちか》くで眺《なが》めていた。

「レイカ君《くん》たちは会《あ》うのが初《はじ》めてだったね。改《あらた》めて紹介《しょうかい》しよう。彼女《かのじょ》が私《わたし》の唯一《ゆいいつ》の親友《しんゆう》、遠夢未《とおゆめみ》成《せい》だ」

「こんばんは。遠夢未成《とおゆめみせい》です。えっと、あなたがレイカちゃん？」

未成《みせい》さんはまっすぐな瞳《ひとみ》でわたしを見《み》つめてくる。

「は、はい！」

未成《みせい》さんのようなきれいな人《ひと》に見《み》つめられると、なんだか落《お》ち着《つ》かない。

わたしはそわそわしながら返事《へんじ》をした。

未成《みせい》さんはやわらかく微笑《ほほえ》む。

「話《はなし》は聞《き》いてるよ。大変《たいへん》だったね、レイカちゃん」

わたしは小《ちい》さく首《くび》をかしげた。

未成《みせい》さんの言《い》う「大変《たいへん》」が何《なに》を指《さ》しているのか、わからなかったからだ。

わたしが不思議《ふしぎ》そうにしていることに気《き》づいたようで、未成《みせい》さんはつけ加《くわ》える。

「ああ、ごめんね！　碧奥《へきお》モールの話《はなし》だよ。クロさんって人《ひと》と戦《たたか》ったんでしょ？」

わたしはとまどいながらも返事《へんじ》をする。

「碧奥《へきお》モールのことまで知《し》ってるんですね」

どうやらゲンノウさんの親友《しんゆう》というのはたしからしく、調査《ちょうさ》クラブと青鬼《あおおに》の戦《たたか》いのことまで、かなり細《こま》かく把握《はあく》しているようだ。

ゲンノウさんはわたしたちのそのやりとりを聞《き》いて、少《すこ》し変《へん》な顔《かお》をした。

スズナちゃんがそれに気《き》づいて声《こえ》をかける。

「どうしたんですか、ゲンノウさん？」

「……いや、私《わたし》の思《おも》い違《ちが》いだろう。気《き》にしないでくれたまえ」

そう言《い》ってゲンノウさんはいつもの表情《ひょうじょう》に戻《もど》り、未成《みせい》さんの紹介《しょうかい》を続《つづ》ける。

「さっきステージ上《じょう》でも言《い》った通《とお》り、私《わたし》と未成《みせい》は大学《だいがく》の同級生《どうきゅうせい》でね。かなり古《ふる》くからの付《つ》き合《あ》いなんだ。当時《とうじ》、オカルトの話題《わだい》で親交《しんこう》を深《ふか》め、それから今《いま》までずっと交流《こうりゅう》を続《つづ》けている。最近《さいきん》だと、私《わたし》の配信《はいしん》機材《きざい》を選《えら》んでくれたのも彼女《かのじょ》だ」

そういえば、親友《しんゆう》に配信用《はいしんよう》の機材《きざい》をそろえてもらったと言《い》っていた気《き》がする。

「魔尾町《まおまち》くんはパソコン関係《かんけい》にはうといからね。何《なに》もわからないから助《たす》けてほしい、と泣《な》きそうな連絡《れんらく》が来《き》たの」

未成《みせい》さんは思《おも》い出《だ》したようにくすっと笑《わら》う。

「そうだ、レイカちゃん！　私《わたし》は未確認生物《みかくにんせいぶつ》の研究《けんきゅう》をしていてね。青鬼《あおおに》についてもすごく興味《きょうみ》があるんだ！　戦《たたか》う時《とき》のコツとか聞《き》かせてくれないかな？」

未成《みせい》さんはそう言《い》って、わたしのことを熱《あつ》い視線《しせん》で見《み》てくる。

「青鬼《あおおに》って本当《ほんとう》に面白《おもしろ》い存在《そんざい》だよね。ブルーベリー色《いろ》の身体《からだ》にものすごい力《ちから》、パラサイトバグを飲《の》みこむことで青鬼《あおおに》になるってところも！」

未成《みせい》さんは興奮《こうふん》したように、ぐいっと顔《かお》を近《ちか》づけてくる。その瞳《ひとみ》の、少《すこ》し怖《こわ》さを感《かん》じるような輝《かがや》きは出会《であ》ったばかりの頃《ころ》のゲンノウさんに似《に》ていた。

そう考《かんが》えると、最近《さいきん》のゲンノウさんはだいぶ落《お》ち着《つ》いてきている気《き》がする。わたしたちと一緒《いっしょ》に行動《こうどう》することで、心境《しんきょう》に何《なに》か変化《へんか》があったのだろうか。

「未成《みせい》、レイカ君《くん》にからむのはその辺《へん》に――」

ゲンノウさんが止《と》めに入《はい》ろうとするが、未成《みせい》さんの語《かた》りは止《と》まらない。

「それに私《わたし》はオカルト調査《ちょうさ》クラブにも興味《きょうみ》があるの！　《王種《おうしゅ》》の力《ちから》を持《も》っていて、青鬼化《あおおにか》できる優助《ゆうすけ》くんに、元《もと》『地下《ちか》の王《おう》』の知香《ちか》くん、それに青《あお》いひとだま！　これだけの興味深《きょうみぶか》い研究対《けんきゅうたい》象《しょう》を集《あつ》めるなんて、レイカちゃんは本当《ほんとう》にすごいわ！」

わたしは大《おお》きく顔《かお》をしかめる。

「……待《ま》ってください。わたしは優助《ゆうすけ》たちを研究対象《けんきゅうたいしょう》だと思《おも》ったことはありません」

未成《みせい》さんはつまらなそうに、ふっと口元《くちもと》をゆがめた。

「そうなの？　ああ、でもそうか。仲間《なかま》のために『兵隊《へいたい》の王《おう》』の言《い》いなりになったこともあったわけだしね。もったいない。そんなに素晴《すば》らしい環境《かんきょう》にいるのに、青鬼《あおおに》の研究《けんきゅう》をしないなんて！　レイカちゃんは賢《かしこ》くて、青鬼《あおおに》を倒《たお》すことには長《た》けているけれど、学者向《がくしゃむ》きじゃなくてちょっと残念《ざんねん》」

早口《はやくち》でそう語《かた》る未成《みせい》さんは怖《こわ》かった。

相変《あいか》わらず表情《ひょうじょう》はやわらかいけれど、口《くち》にする言葉《ことば》にはトゲがある。

未成《みせい》さんは相手《あいて》がどう思《おも》うかを考《かんが》えず、ひたすらオカルト研究《けんきゅう》のことだけを考《かんが》えているようだ。

だから、優助《ゆうすけ》たちのことも研究対象《けんきゅうたいしょう》にしか見《み》えていない。

不満《ふまん》げな様子《ようす》の未成《みせい》さんは、今度《こんど》はゲンノウさんのほうを向《む》いた。

「魔尾町《まおまち》くんも昔《むかし》は何《なに》よりもオカルトが優先《ゆうせん》だったのに、最近《さいきん》は少《すこ》しおとなしいよね。それってレイカちゃんたちの影響《えいきょう》かな？」

「どうだろうな。自分《じぶん》ではそんなに変《か》わった気《き》はしないが」

「絶対《ぜったい》に変《か》わったよ。昔《むかし》の魔尾町《まおまち》くんなら、もっとなりふり構《かま》わず、青鬼《あおおに》のことを調《しら》べていたと思《おも》う。でも今《いま》はすごく慎重《しんちょう》に見《み》える。せっかく配信《はいしん》する環境《かんきょう》を整《ととの》えてあげたのに、持《も》っている青鬼《おに》の情報《じょうほう》を一度《いちど》にすべて公開《こうかい》しないで、危険性《きけんせい》が低《ひく》いものから選《えら》んで話《はな》しているでしょ。私《わたし》に対《たい》

してもそう。青鬼が出現した場所の詳細をまったく教えてくれなかった。……そういうところは、すごく残念《ざんねん》」

その言葉《ことば》には何《なに》か違和感《いわかん》があった。

今《いま》までの未成《みせい》さんの話《はなし》と、かみ合《あ》わない点《てん》があるような……。

長々《ながなが》と一方的《いっぽうてき》に意見《いけん》を述《の》べた未成《みせい》さんは、すっと近《ちか》くのテーブルまで歩《ある》いていく。

テーブルの上《うえ》には、ドリンクが注《そそ》がれたグラスがずらっと並《なら》べられていた。

ホテルの従業員《じゅうぎょういん》の人《ひと》が用意《ようい》したもので、どれでも自由《じゆう》に取《と》っていいシステムだ。

白《しろ》ワインの入《はい》ったグラスを手《て》に取《と》った未成《みせい》さんは、くるりとこちらを振《ふ》り返《かえ》る。

「――だけど、大丈夫《だいじょうぶ》」

一口《ひとくち》だけワインを飲《の》んで、未成《みせい》さんは美《うつく》しく、怪《あや》しく笑《わら》う。

「そんな魔尾町《まおまち》くんの目《め》を覚《さ》まさせるために、私《わたし》はここにいるんだから」

その言葉《ことば》には強《つよ》くて冷《ひ》ややかな圧《あつ》があった。

自然《しぜん》と全身《ぜんしん》に寒気《さむけ》が走《はし》る。

わたしの目《め》の前《まえ》にいるのは、本当《ほんとう》に、ただのゲンノウさんの親友《しんゆう》なのだろうか。

この雰囲気《ふんいき》、この寒気《さむけ》、これじゃまるで――。

ゲンノウさんが、鋭《するど》い目《め》つきで言《い》った。

「私《わたし》の記憶違《きおくちが》いかと思《おも》ったが、やはりおかしい。未成《みせい》。私《わたし》は君《きみ》に青鬼《あおおに》の話《はなし》をしたことはあるが――『碧奥《へきお》モール』や『クロ』といった詳細《しょうさい》な名称《めいしょう》を出《だ》したことはない」

わたしはハッとする。

そうだ。ゲンノウさんが青鬼《あおおに》の出現場所《しゅつげんばしょ》を未成《みせい》さんに教《おし》えていないなら、なぜ彼女《かのじょ》は碧奥《へきお》モールのことを知《し》っていたのか。

未成《みせい》さんは親友《しんゆう》であるゲンノウさんににらみつけられても、まったく動揺《どうよう》する気配《けはい》がなかった。

「最初《さいしょ》に言《い》ったつもりだけどなぁ。思《おも》い出《だ》してよ、私《わたし》はレイカちゃんに言《い》ったよ？『話《はなし》は聞《き》いてるよ』って」

――話《はなし》は聞《き》いている。

わたしはそれを「ゲンノウさんから聞《き》いている」という意味《いみ》だと思《おも》っていた。

しかし、ゲンノウさん自身《じしん》がそれを否定《ひてい》している。

だったら、未成《みせい》さんは誰《だれ》から話《はなし》を聞《き》いていた？

未成《みせい》さんは微笑《ほほえ》んだまま、答《こた》えを口《くち》にした。

「話《はなし》は聞《き》いているよ――『兵隊《へいたい》の王《おう》』から」

ホールの後方《こうほう》で、閉《し》まっていた入《い》り口扉《ぐちとびら》がバンッ！　と勢《いきお》いよく開《ひら》いた。

大《おお》きな音《おと》に驚《おどろ》いたわたしが振《ふ》り向《む》くと、そこには息《いき》を切《き》らした知香君《ちかくん》と、鳥《とり》かごから出《で》て空中《くうちゅう》に浮《う》いているたまちゃんがいた。

「知香君《ちかくん》!?」

「ホテルに残《のこ》っていた《王種《おうしゅ》》の痕跡《こんせき》を調《しら》べたら、すべてがこの小《しょう》ホールへと向《む》かっていたんだ。肝心《かんじん》の本体《ほんたい》が気配《けはい》を極限《きょくげん》まで隠《かく》していたから、すぐに気《き》づけなかった」

知香君《ちかくん》はこちらに向《む》かって一直線《いっちょくせん》に駆《か》けてくる。浮《う》かんでいたたまちゃんが青《あお》い炎《ほのお》の剣《けん》に変化《へんか》し、知香君《ちかくん》の手《て》の中《なか》に収《おさ》まった。

それに気《き》づいた周囲《しゅうい》の来場客《らいじょうきゃく》がざわめき出《だ》す。

近《ちか》くまで来《き》た知香君《ちかくん》は速度《そくど》を落《お》とさず、小《ちい》さく舌打《したう》ちをした。

「一緒《いっしょ》に行動《こうどう》していればよかった」

そしてまったくためらうことなく、知香君《ちかくん》は炎《ほのお》の剣《けん》を握《にぎ》って飛《と》びかかる。

わたしたちの正面《しょうめん》に立《た》つ、未成《みせい》さんに向《む》かって。


「――コイツが《王種《おうしゅ》》だ」


未成《みせい》さんの瞳《ひとみ》がぐりんと不気味《ぶきみ》に動《うご》いて、知香君《ちかくん》をとらえる。

「遅《おそ》すぎるよ。『地下《ちか》の王《おう》』」

同時《どうじ》、未成《みせい》さんの右腕《みぎうで》が見慣《みな》れたブルーベリー色《いろ》へと変《か》わった。腕《うで》の太《ふと》さが何倍《なんばい》にもふくれ上《あ》がり、知香君《ちかくん》が振《ふ》り下《お》ろした炎《ほのお》の剣《けん》を素手《すで》でつかんで止《と》める。

「なっ!?」

「《王種《おうしゅ》》の身体《からだ》は本当《ほんとう》に興味深《きょうみぶか》くてね。こうして青鬼《あおおに》の力《ちから》を身体《からだ》の一《いっ》か所《しょ》に集《あつ》めれば、ひとだまの剣《けん》だって受《う》け止《と》められる」

未成《みせい》さんは人間《にんげん》の左手《ひだりて》で持《も》ったワイングラスを優雅《ゆうが》な動作《どうさ》で口《くち》に運《はこ》ぶ。
そして強《つよ》い力《ちから》で知香君《ちかくん》を剣《けん》と一緒《いっしょ》に大《おお》きく持《も》ち上《あ》げ、勢《いきお》いよく床《ゆか》へ叩《たた》きつけた。
スズナちゃんが悲鳴《ひめい》を上《あ》げる。

「知香君《ちかくん》っ！　大丈夫《だいじょうぶ》ですか⁉」

「ぐっ……」

床《ゆか》に転《ころ》がった知香君《ちかくん》は受《う》け身《み》を取《と》ったようだが、痛《いた》みで顔《かお》をゆがめている。たまちゃんも打《う》ちつけられた衝撃《しょうげき》で元《もと》の姿《すがた》に戻《もど》ってしまった。

未成《みせい》さんのブルーベリー色《いろ》の右腕《みぎうで》を見《み》て、パーティー会場《かいじょう》のあちこちから叫《さけ》び声《ごえ》が上《あ》がる。しかしそれは恐怖《きょうふ》の叫《さけ》びではなく、オカルト的《てき》なものを目撃《もくげき》できた喜《よろこ》びの叫《さけ》びだった。

オカルト関係者《かんけいしゃ》ばかりだから、この反応《はんのう》も理解《りかい》はできるが……それにしても危機感《ききかん》がない。

「レイカ、何《なに》が起《お》こったんだ⁉」

「レイカさん、あれが《王種《おうしゅ》》ですか？」

離《はな》れた場所《ばしょ》にいた優助《ゆうすけ》とひろし君《くん》も事態《じたい》に気《き》づいたようで、わたしたちと合流《ごうりゅう》する。

また、先《さき》ほど少《すこ》し言葉《ことば》をかわしたトノマチさんが目《め》をキラキラと輝《かがや》かせて、未成《みせい》さんに近寄《ちかよ》っていく。

「未成君《みせいくん》！　なんだね、その素晴《すば》らしい腕《うで》は‼」

「ダメです！　トノマチさん！」

わたしは必死《ひっし》に呼《よ》びかけるが、トノマチさんは止《と》まらず、未成《みせい》さんの間合《まあ》いに入《はい》ってしまった。

「ごめんなさい。魔尾町《まおまち》くんと調査《ちょうさ》クラブ以外《いがい》には興味《きょうみ》ないの」

未成《みせい》さんは青鬼化《あおおにか》した右手《みぎて》で、トノマチさんの身体《からだ》をガシッとつかみ上《あ》げる。

トノマチさんも目《め》の前《まえ》にいるのが化《ば》け物《もの》だとようやく理解《りかい》したようで、かなり遅《おく》れて恐怖《きょうふ》の表《ひょう》情《じょう》を浮《う》かべた。

「でも……顔見知《かおみし》りだし、このまま握《にぎ》りつぶすのはやめてあげる」

興味《きょうみ》なさそうな声色《こわいろ》でそうつぶやき、未成《みせい》さんはふわり、とトノマチさんを投《な》げ捨《す》てた。近《ちか》くにいたゲンノウさんがとっさに動《うご》いて受《う》け止《と》める。

「外野《がいや》がうるさくなってきちゃったね。そろそろ私《わたし》の《王種《おうしゅ》》の能力《のうりょく》を見《み》せようかな」

飲《の》み干《ほ》したワイングラスをテーブルに置《お》き、こちらを向《む》いた未成《みせい》さんの瞳《ひとみ》がぼんやりと赤《あか》く光《ひか》る。

『兵隊《へいたい》の王《おう》』――ソルが能力《のうりょく》を使《つか》う時《とき》と同《おな》じだ。

《王種《おうしゅ》》の能力《のうりょく》は非常《ひじょう》に強力《きょうりょく》で、どんな効果《こうか》を持《も》っているのかは使用《しよう》されるまでわからない。

わたしや他《ほか》のみんなは最大限《さいだいげん》まで警戒《けいかい》を強《つよ》める。

そして。

パチンッ
と、未成《みせい》さんの指《ゆび》がきれいに鳴《な》らされた。

同時《どうじ》にキン、とガラスが鳴《な》るようなさわやかな音《おと》がする。

その瞬間《しゅんかん》、騒《さわ》がしかったパーティー会場《かいじょう》が急《きゅう》に静《しず》まり返《かえ》った。

妙《みょう》な雰囲気《ふんいき》を感《かん》じ取《と》ったわたしは辺《あた》りを見回《みまわ》す。

周囲《しゅうい》の客《きゃく》やホテルの従業員《じゅうぎょういん》たちはみんな棒立《ぼうだ》ちで、ぼうっとどこかを見《み》つめていた。

みんな、まるで夢《ゆめ》でも見《み》ているように。

続《つづ》けて、彼《かれ》らはいっせいに入《い》り口《ぐち》の扉《とびら》に向《む》かってゆっくりと移動《いどう》し始《はじ》めた。

「何《なに》が起《お》こってるの……？」

わたしが静《しず》かにつぶやくと、未成《みせい》さんは少《すこ》し驚《おどろ》いた顔《かお》をした。

「あれ？　レイカちゃんたちにも『幻《まぼろし》』を見《み》せたはずなんだけどな。——ああ、あなたが邪魔《じゃま》をしたんだね」

そう言《い》った未成《みせい》さんの視線《しせん》の先《さき》にいたのは、たまちゃん。

たまちゃんはいつの間《ま》にかみんなの前《まえ》に出《で》て、盾《たて》になるように浮《う》かんでいた。

しかし、様子《ようす》がおかしい。

たまちゃんの炎《ほのお》の勢《いきお》いがみるみるうちに弱《よわ》まっていく。

そのまま床《ゆか》に落下《らっか》してしまいそうだったので、わたしはあわててたまちゃんを両手《りょうて》ですくい、胸元《むなもと》に抱《だ》き寄《よ》せた。

たまちゃんはぐったりとして、目《め》をつぶってしまっている。

「たまちゃんに何《なに》をしたんですか！」

スズナちゃんが敵意《てきい》を隠《かく》さずに叫《さけ》ぶ。

どうやら、わたし以外《いがい》にもスズナちゃんを始《はじ》め、優助《ゆうすけ》、知香君《ちかくん》、ゲンノウさん、ひろし君《くん》、あとトノマチさんも、未成《みせい》さんの言《い》う『幻《まぼろし》』にはかからなかったようだ。

一方《いっぽう》、『幻《まぼろし》』にかかった周《まわ》りの人《ひと》たちは無言《むごん》でホールから次々《つぎつぎ》と出《で》ていっている。

ひどく不気味《ぶきみ》な光景《こうけい》だった。

未成《みせい》さんはため息《いき》をつく。

「困《こま》っちゃうな。このホテルに何日《なんにち》も泊《と》まって準備《じゅんび》した、大規模《だいきぼ》な『幻《まぼろし》』の発動《はつどう》を青《あお》いひとだま一《ひと》つに防《ふせ》がれるなんて。まあ、いいか。オカルトにイレギュラーはつきものだからね」

客《きゃく》や従業員《じゅうぎょういん》の姿《すがた》がホールから完全《かんぜん》に消《き》える。

わたしたちと未成《みせい》さんだけが残《のこ》るホールの中《なか》。

未成《みせい》さんが両腕《りょううで》を大《おお》きく広《ひろ》げ、邪悪《じゃあく》な笑《え》みを見《み》せた。

「さて、じゃあ今度《こんど》こそ本当《ほんとう》の自己紹介《じこしょうかい》をしようか！　私《わたし》は遠夢未成《とおゆめみせい》。オカルト研究家《けんきゅうか》であり、魔尾町《まおまち》くんの親友《しんゆう》。そして、周囲《しゅうい》の人間《にんげん》に『幻《まぼろし》』を見《み》せる《王種《おうしゅ》》――『幻覚《げんかく》の王《おう》』だよ！」

5 『幻覚《げんかく》の王《おう》』

「……『幻覚《げんかく》の王《おう》』」

わたしのつぶやきが、がらんとして人《ひと》けがなくなったホールに響《ひび》く。

「私《わたし》がさっき発動《はつどう》した仕掛《しか》けは、このホテルの中《なか》にいる全員《ぜんいん》に幻《まぼろし》を見《み》せる効果《こうか》を持《も》った、かなり大《おお》がかりなものだったんだよ。パーティー会場《かいじょう》にいた邪魔《じゃま》な人《ひと》たちは、みんな夢《ゆめ》のような素敵《すてき》な幻《まぼろし》を追《お》いかけてホテルから出《で》ていった。逆《ぎゃく》にホテルの客室《きゃくしつ》に泊《と》まっている人《ひと》たちは、部屋《へや》から出《で》てこないように、部屋《へや》の中《なか》がこの世界《せかい》で一番楽《いちばんたの》しい空間《くうかん》に見《み》えるようにした。この仕掛《しか》けの調整《ちょうせい》にずいぶん手間《てま》取って、二週間以上前《にしゅうかんいじょうまえ》から研究《けんきゅう》をかねて、泊《と》まりこみで準備《じゅんび》をしていたの」

知香君《ちかくん》の推測《すいそく》だと、《王種《おうしゅ》》はかなり長《なが》い間《あいだ》ホテルに宿泊《しゅくはく》しているという話《はなし》だった。ホテルで何《なに》をしているのかが疑問《ぎもん》だったが、やっと話《はなし》がつながっていく。

「魔尾町《まおまち》くんやレイカちゃんたちにも、幻覚《げんかく》を楽《たの》しんでもらいたかったんだけど、青《あお》いひとだまの力《ちから》で防《ふせ》がれちゃった。私《わたし》の幻《まぼろし》を見《み》せる能力《のうりょく》は連続《れんぞく》で使用《しよう》できないのが欠点《けってん》なんだよね」

未成《みせい》さんは残念《ざんねん》そうにそう言《い》った。

真面目《まじめ》な顔《かお》をしたゲンノウさんが前《まえ》に出《で》て、彼女《かのじょ》に問《と》う。

「……未成《みせい》。君《きみ》の目的《もくてき》はなんだね。私《わたし》たちと敵対《てきたい》するつもりなのか？」

「嫌《いや》だなぁ、魔尾町《まおまち》くん。私《わたし》が今《いま》こうしている一番《いちばん》の目的《もくてき》は――魔尾町《まおまち》くんを仲間《なかま》に勧誘《かんゆう》すること、なんだよ？」

「勧誘《かんゆう》？」

「私《わたし》は魔尾町《まおまち》くんの話《はなし》をきっかけに、独自《どくじ》で青鬼《あおおに》の研究《けんきゅう》を始《はじ》めた。そして幸運《こううん》なことにパラサイトバグを体内《たいない》に入《い》れることもできて、《王種《おうしゅ》》にまでなれた」

そこで一度《いちど》区切《くぎ》り、未成《みせい》さんは両目《りょうめ》を怖《こわ》いほどに輝《かがや》かせた。

「魔尾町《まおまち》くん、私《わたし》と手《て》を組《く》もうよ！　《王種《おうしゅ》》である私《わたし》のことを好《す》きなだけ研究《けんきゅう》していいよ。そしてその後《あと》、青鬼《あおおに》の力《ちから》でたくさんの人間《にんげん》を蹴散《けち》らそう！　きっと楽《たの》しいはずだよ！」

「……」

ゲンノウさんは表情《ひょうじょう》を一切《いっさい》変《か》えず、黙《だま》ったままだった。

《王種《おうしゅ》》と手《て》を組《く》む。その誘《さそ》いはゲンノウさんにとって、願《ねが》ってもない申《もう》し出《で》のはずだ。

少《すく》なくとも、今《いま》までのゲンノウさんだったらすぐに飛《と》びついていただろう。

しかし、ゲンノウさんは何《なに》も答《こた》えなかった。

その様子《ようす》を見《み》て、未成《みせい》さんはさらに言葉《ことば》を重《かさ》ねていく。

「オカルト調査《ちょうさ》クラブもいい環境《かんきょう》だとは思《おも》うよ？　でも、話《はな》してみてわかった。調査《ちょうさ》クラブのリーダーであるレイカちゃんは私《わたし》たち研究者《けんきゅうしゃ》とは違《ちが》う。オカルトが好《す》きな女《おんな》の子《こ》は大事《だいじ》にしたいけど、貴重《きちょう》な研究対象《けんきゅうたいしょう》とお友《とも》だちごっこしているようじゃ、研究《けんきゅう》の邪魔《じゃま》にしかならない」

明《あか》るい表情《ひょうじょう》に冷《つめ》たい言葉《ことば》。

わたしの全身《ぜんしん》が危険《きけん》を訴《うった》えている。

目《め》の前《まえ》にいるのはまぎれもない《王種《おうしゅ》》だ。

ソルと初《はじ》めて会《あ》った時《とき》にも感《かん》じた、底知《そこし》れない恐怖《きょうふ》を未成《みせい》さんからも感《かん》じる。

「だから、魔尾町《まおまち》くんは私《わたし》と手《て》を組《く》むべきなんだよ！」

そう繰《く》り返《かえ》した未成《みせい》さんに対《たい》し、今《いま》まで沈黙《ちんもく》していたゲンノウさんがようやく口《くち》を開《ひら》いた。

「未成《みせい》。――悪《わる》いが、君《きみ》の申《もう》し出《で》は断《ことわ》らせてもらう」

理解《りかい》できない、というふうに未成《みせい》さんが顔《かお》をしかめる。

「……なぜ？　《王種《おうしゅ》》の私《わたし》と協力《きょうりょく》すれば、魔尾町《まおまち》くんの研究《けんきゅう》はすごく進《すす》むはずでしょ？」

「その意見《いけん》には同意《どうい》する。しかし最近《さいきん》の出来事《できごと》を振《ふ》り返《かえ》って、私《わたし》は思《おも》うのだよ。以前《いぜん》『兵隊《へいたい》の王《おう》』が操《あやつ》っていた四足《しそく》の青鬼《あおおに》にも言《い》ったのだけれどね――誰《だれ》かが傷《きず》つくようなオカルトにはなんのロマンも感《かん》じない。そしてそのロマンこそが、オカルトにもっとも必要《ひつよう》なものなんだ」

未成《みせい》さんは深《ふか》くため息《いき》をつく。

「魔尾町《まおまち》くんは調査《ちょうさ》クラブの顧問《こもん》になって、子《こ》どもたちの面倒《めんどう》を見《み》てるうちに、すっかり甘《あま》くなっちゃったんだね。昔《むかし》は『わずらわしい現実世界《げんじつせかい》なんて壊《こわ》して、オカルトだけの世界《せかい》を作《つく》りたい』って熱《あつ》く語《かた》ってたのに。今《いま》の私《わたし》なら、その願《ねが》いを叶《かな》えてあげられるのに」

わたしはちらりとゲンノウさんを見《み》る。なかなか過激《かげき》な言葉《ことば》だが、ゲンノウさんなら口《くち》にしてもおかしくない。

ゲンノウさんはふっと笑《え》みをこぼす。

「たしかにそんなことを言《い》っていた時期《じき》もあった。私《わたし》も若《わか》かったのだよ。そしてあの頃《ころ》は……純粋《じゅんすい》にオカルトのことだけを考《かんが》えられていたわけじゃなかった」

「それって……どういう意味《いみ》ですか？」

わたしは思《おも》わず口《くち》をはさんでしまう。ゲンノウさんがオカルトのこと以外《いがい》を考《かんが》えているところなんて想像《そうぞう》もできない。

しかし、ゲンノウさんは微笑《ほほえ》むばかりで答《こた》えてはくれなかった。

「とにかく、今《いま》の未成《みせい》の言動《げんどう》は攻撃的《こうげきてき》すぎる。そんな状態《じょうたい》の君《きみ》と手《て》を組《く》むことはできない。それが私《わたし》の返答《へんとう》だ」

「そっか。でも、まあいいよ。どんな返答《へんとう》をされようと、私《わたし》は魔尾町《まおまち》くんを仲間《なかま》に加《くわ》えるつもりだから。今《いま》の魔尾町《まおまち》くんは腑抜《ふぬ》けてしまっているだけ。私《わたし》が《王種《おうしゅ》》の力《ちから》で目《め》を覚《さ》まさせてあげればいい」

わたしたちは未成《みせい》さんの言葉《ことば》に身構《みがま》える。

「……みんなは碧奥《へきお》モールの激《はげ》しい戦《たたか》いも切《き》り抜《ぬ》けた。さすがに私一人《わたしひとり》で相手《あいて》するのは厳《きび》しいけど、こうなることも考《かんが》えて、さらなる手《て》を用意《ようい》してるんだ」

未成《みせい》さんが合図《あいず》をするように右手《みぎて》をあげる。

すると小《しょう》ホールの奥《おく》、表彰用《ひょうしょうよう》のステージの横《よこ》にあった両開《りょうびら》きのドアがバンッと開《ひら》く。

そしてホールの中《なか》に入《はい》ってきたのは——オシャレな黒《くろ》いスーツを着《き》た青鬼《あおおに》だった。

スーツを着《き》た青鬼《あおおに》はわたしたちを見《み》つけると、その場《ば》で丁寧《ていねい》におじぎをする。

「あの青鬼《あおおに》には『ホテルの支配人《しはいにん》になった幻《まぼろし》』を見《み》せてるの。みんなのこともお客様《きゃくさま》に見《み》えているはずだよ」

続《つづ》けて、同《おな》じ扉《とびら》から多数《たすう》のさわがしい足音《あしおと》がホールの中《なか》に飛《と》びこんでくる。
支配人《しはいにん》青鬼《あおおに》の周囲《しゅうい》にわらわらと集《あつ》まったのは、はんぺん型《がた》の青鬼《あおおに》たちだった。
その身体《からだ》は長方形《ちょうほうけい》で背《せ》が低《ひく》く、手足《てあし》は短《みじか》い。

ざっと数《かぞ》えただけで二十四《にじっぴき》ほどいる。まとまった数《かず》のはんぺん青鬼《あおおに》を見《み》るのは、ドクロ島以来《とういらい》かもしれない。

「こっちの彼《かれ》らは従業員役《じゅうぎょういんやく》の青鬼《あおおに》たち。可愛《かわい》いでしょう？　青鬼《あおおに》に幻覚《げんかく》を見《み》せることで、こうやって役割《やくわり》を与《あた》えることもできるんだよ？」

未成《みせい》さんは楽《たの》しそうに笑《わら》って、それから目《め》つきを鋭《するど》くする。

「そして見《み》せる幻覚《げんかく》の種類《しゅるい》を変更《へんこう》すれば、青鬼《あおおに》たちの行動《こうどう》も変《か》えられる」

パチンッ

未成《みせい》さんが指《ゆび》を鳴《な》らす。

その瞬間《しゅんかん》、支配人青鬼《しはいにんあおおに》やはんぺん青鬼《あおおに》たちの目《め》の色《いろ》が変《か》わった。大《おお》きく目《め》を見開《みひら》いて、わたしたちをじっと見《み》つめてくる。

「青鬼《あおおに》たちが見《み》ている幻覚《げんかく》を『みんなのことが大好物《だいこうぶつ》に見《み》える』ものに切《き》り替《か》えたよ。実《じつ》は今《いま》、彼《かれ》らはすごくお腹《なか》を空《す》かせているの。さてこの後《あと》、どうなるでしょう？」

そう言《い》った未成《みせい》さんは嫌《いや》らしく笑《え》みを浮《う》かべる。

お腹《なか》が空《す》いた青鬼《あおおに》たちの前《まえ》に、大好物《だいこうぶつ》が現《あらわ》れたらどうなるか？
そんなの、わかりきっていた。

——全力《ぜんりょく》で、食《た》べにくる。

支配人青鬼《しはいにんあおおに》の両目《りょうめ》が血走《ちばし》り、はんぺん青鬼《あおおに》たちが無数《むすう》の牙《きば》をむき出《だ》しにした。
「こんな豪華《ごうか》なホテルで、支配人《しはいにん》や従業員役《じゅうぎょういんやく》の青鬼《あおおに》に追《お》われるのって面白《おもしろ》いでしょ？　研究《けんきゅう》にも、戦《たたか》いにも、ユーモアがないと盛《も》り上《あ》がらないよね！　さあ、青鬼《あおおに》が支配《しはい》する『青鬼《あおおに》ホテル』を楽《たの》しんで！」
未成《みせい》さんの背後《はいご》から、支配人青鬼《しはいにんあおおに》やはんぺん青鬼《あおおに》たちが全力《ぜんりょく》で走《はし》ってくる。

ぶぉおおおおおおっ!!

キーーーッ!!

「みなさん、ここは逃《に》げましょう」

ひろし君《くん》が冷静《れいせい》かつ、はっきりとした口調《くちょう》で提案《ていあん》する。

わたしたちは同意《どうい》して、たくさんの青鬼《あおおに》に追《お》い立《た》てられるように小《しょう》ホールから飛《と》び出《だ》した。

追《お》ってきた支配人青鬼《しはいにんあおおに》とはんぺん青鬼《あおおに》たちは勢《いきお》いあまって、ホールを出《で》たところの壁《かべ》に正面《しょうめん》から激突《げきとつ》し、山《やま》のように積《つ》み重《かさ》なる。どうやら青鬼《あおおに》たちはからみ合《あ》い、一時的《いちじてき》に身動《みうご》きが取《と》れなくなっているようだ。

今《いま》のうちにできるだけ遠《とお》くまで逃《に》げたい。

本当《ほんとう》は戦《たたか》って青鬼《あおおに》を倒《たお》せればいいのだが、さっき未成《みせい》さんから攻撃《こうげき》を受《う》けた知香君《ちかくん》は走《はし》るだけで辛《つら》そうで、幻覚《げんかく》を防《ふせ》いでくれたたまちゃんもわたしの腕《うで》の中《なか》で休《やす》んでいる状態《じょうたい》。

せめて二人《ふたり》が元気《げんき》を取《と》り戻《もど》すまでは、逃《に》げることを優先《ゆうせん》するべきだった。

「どこに向《む》かいますか、レイカちゃん!?」

スズナちゃんが走《はし》りながら聞《き》いてくる。

「まずは階《かい》を移動《いどう》して青鬼《あおおに》たちを振《ふ》り切《き》りましょう！　近《ちか》くに階段《かいだん》があったはずよ！」

そうしてわたしは三階《さんかい》につながる大階段《だいかいだん》へと進路《しんろ》を決定《けってい》する。

調査《ちょうさ》クラブのみんなは慣《な》れた様子《ようす》でついてきてくれたが、ひろし君《くん》とトノマチさんは困惑《こんわく》した顔《かお》で立《た》ち止《ど》まった。

わたしを含《ふく》む調査《ちょうさ》クラブのみんなも少《すこ》し離《はな》れた場所《ばしょ》で足《あし》を止《と》める。

「今《いま》ならホテルから脱出《だっしゅつ》できます。たくさんの宿泊客《しゅくはくきゃく》もまだ取《と》り残《のこ》されているようですし、なんとか外《そと》に出《で》て、助《たす》けを呼《よ》ぶべきではないでしょうか？」

ひろし君《くん》はわたしを説得《せっとく》するようにそう言《い》った。

「ワタシも彼《かれ》の言《い》う通《とお》りだと思《おも》うよ！　あの青鬼《あおおに》という怪物《かいぶつ》は興味深《きょうみぶか》いけれど、この人数《にんずう》で戦《たたか》って勝《か》てるとは思《おも》えない！　助《たす》けを呼《よ》ぼう！」

トノマチさんも大《おお》きな声《こえ》でひろし君《くん》に賛成《さんせい》する。

そう言《い》われて、わたしは初《はじ》めて気《き》づいた。

きっとひろし君《くん》やトノマチさんの反応《はんのう》が普通《ふつう》なのだ。

人間《にんげん》より何倍《なんばい》も大《おお》きい青鬼《あおおに》やキバの鋭《するど》いはんぺん青鬼《あおおに》に、少人数《しょうにんずう》で立《た》ち向《む》かおうとするほうが異常《いじょう》。

だけど。

「未成《みせい》さんが調査《ちょうさ》クラブをホテルから逃《に》がすとは思《おも》えないし、仮《かり》に外《そと》に出《で》られたとしても、助《たす》けを呼《よ》びにいっている間《あいだ》に、他《ほか》の人《ひと》たちがどんな目《め》にあうかわからないわ。未成《みせい》さんの幻覚《げんかく》が、人《じん》体《たい》に無害《むがい》なものかどうかもわかっていない。早《はや》く助《たす》け出《だ》すためには戦《たたか》わなきゃ。たとえ、危険《きけん》だとわかっていても」

最初《さいしょ》のうちは逃《に》げることも多《おお》かった。

でもだんだんと戦《たたか》う力《ちから》を身《み》につけて、戦《たたか》う理由《りゆう》も増《ふ》えてきて、もうただ逃《に》げるなんてできなくなった。

わたしはメンバーたちに視線《しせん》を向《む》ける。

優助《ゆうすけ》は戦《たたか》う気満々《きまんまん》で、スズナちゃんは怖《こわ》がりながらも勇気《ゆうき》を振《ふ》りしぼって、ゲンノウさんは未《み》成《せい》さんを気《き》にするような素振《そぶ》りを見《み》せつつ、知香君《ちかくん》とたまちゃんは真剣《しんけん》な表情《ひょうじょう》で、ひろし君《くん》たちと向《む》き合《あ》っている。

ひろし君《くん》は調査《ちょうさ》クラブのみんなを一人《ひとり》ずつ見《み》て、それから納得《なっとく》したようにうなずいた。

「……前《まえ》から話《はなし》は聞《き》いていましたが、実際《じっさい》に向《む》き合《あ》ってよくわかりました。みなさんがどんな気《き》持《も》ちで活動《かつどう》しているのか」

そして彼《かれ》は宣言《せんげん》する。

「——であれば、僕《ぼく》も戦《たたか》います。調査《ちょうさ》クラブのみなさんと、一緒《いっしょ》に」

トノマチさんのほうを向《む》き、ひろし君《くん》が言《い》う。

「トノマチさんは追手《おって》が来《く》る前《まえ》に逃《に》げて、できれば助《たす》けを呼《よ》んでください。あとは僕《ぼく》たちでどうにかします」

しかし、トノマチさんは少《すこ》しうつむいたまま、その場《ば》から動《うご》かなかった。

「トノマチさん？」

心配《しんぱい》になってわたしが声《こえ》をかけると、トノマチさんはバッと顔《かお》を上《あ》げた。

「君《きみ》たちが戦《たたか》うというのに、ワタシだけが化《ば》け物《もの》から逃《に》げるなんてできない！　ワタシの力《ちから》も貸《か》そう!!」

ひろし君《くん》とトノマチさんが青鬼《あおおに》と戦《たたか》う意志《いし》を固《かた》めてくれた、その時《とき》だった。

何《なに》かの気配《けはい》を察知《さっち》した知香君《ちかくん》が近《ちか》くの天井《てんじょう》にすばやく目《め》を向《む》け、そして叫《さけ》ぶ。

「気《き》をつけろ！　はんぺんたちだ！」


キーーーッ！

一度《いちど》振《ふ》り切《き》ったはんぺん青鬼《あおおに》たちが、後方《こうほう》の通路《つうろ》ではなく、天井《てんじょう》にあった通気口《つうきこう》から姿《すがた》を現《あらわ》し

た。
滝《たき》のようになだれ落《お》ちてくる。
まずい。わたしは反射的《はんしゃてき》にそう思《おも》った。
はんぺん青鬼《あおおに》たちが落下《らっか》してきたのは、ちょうど調査《ちょうさ》クラブとひろし君《くん》、トノマチさんの間《あいだ》だったのだ。

キキッ！

落下《らっか》の衝撃《しょうげき》で床《ゆか》に転《ころ》がったはんぺん青鬼《あおおに》たちが鳴《な》き声《ごえ》を上《あ》げる。
わたしたちは後《あと》ずさりし、ひろし君《くん》たちも真逆《まぎゃく》の方向《ほうこう》に距離《きょり》を取《と》った。
はんぺん青鬼《あおおに》たちが間《あいだ》にいる以上《いじょう》、ひろし君《くん》たちと合流《ごうりゅう》するのは絶望的《ぜつぼうてき》だ。

「僕《ぼく》たちのことは気《き》にせず、逃《に》げてください！　お互《たが》いに逃《に》げきった後《あと》、また合流《ごうりゅう》しましょう！」

はんぺん青鬼越《あおおにご》しにひろし君《くん》が声《こえ》を張《は》る。

彼《かれ》が大《おお》きな声《こえ》を出《だ》すのはとてもめずらしかった。

「わかったわ！　絶対《ぜったい》にやられないでね！」

わたしは離《はな》れた位置《いち》にいるひろし君《くん》に聞《き》こえるよう、大《おお》きな声《こえ》で返事《へんじ》をする。

「任《まか》せてください」

そう言《い》ったひろし君《くん》の口元《くちもと》がほんの少《すこ》し笑《わら》ったように見《み》えた。

ひろし君《くん》は「こっちです」とトノマチさんの腕《うで》をつかんで、一階《いっかい》へ続《つづ》く階段《かいだん》の方向《ほうこう》へと消《き》えていく。

はんぺん青鬼《あおおに》たちは起《お》き上《あ》がり始《はじ》めている。

あと数秒《すうびょう》で襲《おそ》いかかってくるだろう。

「こっちも三階《さんかい》に行《い》って、一度立《いちどた》て直《なお》すわ！　ひろし君《くん》にがっかりされないように、調査《ちょうさ》クラブの実力《じつりょく》を見《み》せるわよ！」

わたしは改《あらた》めてみんなにそう告《つ》げ、三階《さんかい》につながる大階段《だいかいだん》を目指《めざ》して走《はし》り出《だ》した。

6　レストランフロア

ホテルの三階《さんかい》にはレストランフロアが広《ひろ》がっていた。

洋食《ようしょく》、和食《わしょく》の専門《せんもん》レストランや、宿泊客用《しゅくはくきゃくよう》の大《おお》きな食事《しょくじ》ホール、畳敷《たたみじ》きの宴会場《えんかいじょう》まであるようだ。

「こっちに隠《かく》れましょう！」

わたしは目《め》に入《はい》った洋食《ようしょく》レストランに飛《と》びこむ。

はんぺん青鬼《あおおに》を完全《かんぜん》に振《ふ》りきるには、物《もの》かげに身《み》を隠《かく》す必要《ひつよう》があった。

洋食《ようしょく》レストランの中《なか》は大人《おとな》びた空間《くうかん》になっていた。

壁《かべ》や天井《てんじょう》は黒《くろ》をメインとした落《お》ち着《つ》いた色合《いろあ》い。テーブルには真《ま》っ白《しろ》なテーブルクロスがかけられていて、かなり高級《こうきゅう》そうな雰囲気《ふんいき》だ。

ここで食事《しょくじ》をしたら、どのくらいの金額《きんがく》になるのだろうか。少《すく》なくとも、わたしのお小遣《こづか》いを一年間貯《いちねんかんた》めた程度《ていど》じゃ全然払《ぜんぜんはら》えないと思《おも》う。

ホテルの他《ほか》の場所《ばしょ》と同《おな》じく、お客《きゃく》さんや従業員《じゅうぎょういん》は未成《みせい》さんの幻覚《げんかく》によって姿《すがた》を消《け》してしまっていて誰《だれ》もいなかった。またなぜか、食《た》べかけの皿《さら》なども見当《みあ》たらない。

「意外《いがい》と隠《かく》れる場所《ばしょ》がないな……」

優助《ゆうすけ》が辺《あた》りを見回《みまわ》して苦《にが》い声色《こわいろ》でつぶやく。

予想《よそう》に反《はん》して、店内《てんない》はとても見通《みとお》しが良《よ》かった。

テーブルのかげに隠《かく》れたとしても、下《した》から足《あし》が見《み》えてしまう。死角《しかく》となる場所《ばしょ》はほとんどなく、調査《ちょうさ》クラブ全員《ぜんいん》が身《み》を隠《かく》すことはできないだろう。

はんぺん青鬼《あおおに》たちはすぐに追《お》いついてくるはずだ。時間《じかん》がない。

わたしがあせっていると、スズナちゃんが匂《にお》いをかぐような仕草《しぐさ》をした。

「……なんでしょう？　おいしそうな香《かお》りがします」

スズナちゃんの言《い》う通《とお》り、店内《てんない》にはガーリックのいい香《かお》りがただよっていた。

しかし、料理《りょうり》はテーブルの上《うえ》に置《お》かれていない。

いったい、この香《かお》りはどこから？

少《すこ》し考《かんが》えて、答《こた》えにたどり着《つ》く。

わたしが視線《しせん》を向《む》けたのは、キッチンの方向《ほうこう》だった。

入《い》り口付近《ぐちふきん》にいた知香君《ちかくん》が近《ちか》くにあった看板《かんばん》を見《み》て、納得《なっとく》したように言《い》う。

「なるほどな。ここの看板《かんばん》には『本日貸切《ほんじつかしきり》』と書《か》かれている。大人数《おおにんずう》の団体《だんたい》の予約《よやく》が入《はい》っていたみたいだ。まだ運《はこ》ばれてきていないけれど、キッチンではバイキングの準備《じゅんび》が進《すす》められていたらしい」

「青鬼《あおおに》たちはお腹《なか》を空《す》かせているのよね。わたしの予想《よそう》が正《ただ》しければ、キッチンは最高《さいこう》の逃《に》げ場《ば》所《しょ》になるはずよ！　行《い》きましょう！」

そうしてみんながキッチンに向《む》かって走《はし》り出《だ》したのと同時《どうじ》、はんぺん青鬼《あおおに》たちがレストランへと飛《と》びこんでくる。

キーーーッ！

はんぺん青鬼《あおおに》たちは甲高《かんだか》い声《こえ》を上《あ》げて走《はし》ってきたが、捕《つか》まる前《まえ》にキッチンの中《なか》へと入《はい》ることができた。

「ほう。これはかなり食欲《しょくよく》をそそる光景《こうけい》だな」

周囲《しゅうい》を見渡《みわた》したゲンノウさんが感想《かんそう》を述《の》べる。

キッチンの作業台《さぎょうだい》には、大皿《おおざら》にのった料理《りょうり》がいくつも並《なら》んでいた。カットされたステーキや、ガーリックライスなどの米類《こめるい》、大量《たいりょう》のフライドポテトやデザートまでそろっている。

すでにお客《きゃく》さんに出《だ》せるレベルで完成《かんせい》しているものから、盛《も》りつけ始《はじ》めたばかりのものまで、ずらっと置《お》かれていた。

すでに冷《さ》めてしまっているが、それでもかなりおいしそうだ。

思《おも》わずお腹《なか》が鳴《な》る。

そんなにお腹《なか》が減《へ》っていないわたしでも、ここまでおいしそうに感《かん》じるのだ。お腹《なか》を空《す》かせたはんぺん青鬼《あおおに》たちの目《め》には、とてつもなく魅力的《みりょくてき》に映《うつ》るはず。

わたしはキッチンの奥《おく》に、従業員用《じゅうぎょういんよう》の出入《でい》り口《ぐち》を発見《はっけん》した。方角的《ほうがくてき》にホテルの廊下《ろうか》に戻《もど》れそうだ。

「このままキッチンを突《つ》っ切《き》って、あそこまで行《い》きましょう！」

わたしはみんなを誘導《ゆうどう》するために先頭《せんとう》を走《はし》っていく。

コンロに放置《ほうち》されたフライパンや鍋《なべ》の中《なか》には、こんがり焼《や》かれたソーセージや煮込《にこ》んだビーフシチューなどがあった。

「さっきパーティー会場《かいじょう》で料理《りょうり》を食《た》べといて良《よ》かったぜ。腹減《はらへ》ってたら立《た》ち止《ど》まるところだった」

優助《ゆうすけ》はそう言《い》って苦笑《くしょう》する。

「それははんぺん青鬼《あおおに》たちも同《おな》じよ。そして彼《かれ》らには理性《りせい》がない。目《め》の前《まえ》に料理《りょうり》があったら、わたしたちのことを忘《わす》れて飛《と》びつくと思《おも》う」

わたしたちがキッチンの中《なか》ほどまで進《すす》んだ頃《ころ》、はんぺん青鬼《あおおに》たちが後方《こうほう》から姿《すがた》を見《み》せた。

匂《にお》いに誘《さそ》われた彼《かれ》らは近《ちか》くの作業台《さぎょうだい》に飛《と》び乗《の》る。

そして並《なら》んでいる豪華《ごうか》な料理《りょうり》を目《ま》の当《あ》たりにして――よだれを垂《た》らし、呆然《ぼうぜん》と立《た》ち尽《つ》くした。

目《め》の前《まえ》の素敵《すてき》な光景《こうけい》を信《しん》じられないというふうに、目《め》を何度《なんど》もパチパチさせている。

その仕草《しぐさ》はなんだか可愛《かわい》い。

必死《ひっし》に逃《に》げる必要《ひつよう》があるほどの化《ば》け物《もの》じゃないのでは、とわたしが走《はし》る速度《そくど》をほんの少《すこ》しゆるめた時《とき》。

キーーーッ!!

はんぺん青鬼《あおおに》たちはそれまでの可愛《かわい》さを乱暴《らんぼう》に捨《す》て去《さ》り、どう猛《もう》な野生生物《やせいせいぶつ》のように料理《りょうり》に襲《おそ》いかかった。大皿《おおざら》ごと一気《いっき》にバリバリとかみ砕《くだ》いていく。

その様《さま》はおぞましい化《ば》け物以外《ものいがい》の何物《なにもの》でもなかった。

「ちょっと可愛《かわい》いと思《おも》ったわたしがバカだったわ……」

はんぺん青鬼《あおおに》たちはみんな料理《りょうり》に群《むら》がっており、わたしたちを追《お》ってくる個体《こたい》はいなかった。

思《おも》わぬ誘惑《ゆうわく》に引《ひ》っかかったはんぺん青鬼《あおおに》たちを置《お》いて、わたしたちは従業員用《じゅうぎょういんよう》の出入《でい》り口《ぐち》からキッチンの外《そと》へと脱出《だっしゅつ》する。

お腹《なか》を空《す》かせた青鬼《あおおに》の弱点《じゃくてん》をここまできれいに突《つ》かれるとは、未成《みせい》さんも思《おも》っていなかっただろう。

だが安心《あんしん》はできない。キッチンの料理《りょうり》には限《かぎ》りがある。はんぺん青鬼《あおおに》たちの食《た》べる速度《そくど》を考《かんが》えると、五分《ごふん》もすれば、すべての料理《りょうり》がなくなってしまうんじゃないかと思《おも》う。

次《つぎ》にどこへ逃《に》げるべきか考《かんが》えていると、スズナちゃんがアイディアを思《おも》いついたというふうに、顔《かお》をパッと明《あか》るくした。

「レイカちゃん、このままバイキング形式《けいしき》のレストランを回《まわ》って、はんぺん青鬼《あおおに》たちに料理《りょうり》を食《た》べさせ続《つづ》けるのはどうでしょうか？　はんぺん青鬼《あおおに》たちもそのうちお腹《なか》いっぱいになるんじゃないかと！」

「いい考《かんが》えね！　じゃあ、次《つぎ》はそこのレストランに――」

そう言《い》いながら、わたしが新《あら》たなレストランのほうを向《む》いた瞬間《しゅんかん》。

そのレストランの入《い》り口《ぐち》から、黒《くろ》いスーツを着《き》た支配人青鬼《しはいにんあおおに》がぬっと姿《すがた》を現《あらわ》した。

わたしたちはとっさに息《いき》を止《と》め、近《ちか》くの物《もの》かげに隠《かく》れる。

幸運《こううん》なことに、支配人青鬼《しはいにんあおおに》はわたしたちに気《き》づかず、レストランフロアの奥《おく》へと歩《ある》いていった。

「……あいつの存在《そんざい》を忘《わす》れてたわ。スズナちゃんのアイディアはすごくいいけど、このフロアに長居《ながい》するのはやめておきましょう。はんぺん青鬼《あおおに》をお腹《なか》いっぱいにして振《ふ》り切《き》っても、あの青鬼《あおおに》と鉢合《はちあ》わせたら意味《いみ》がないわ」

みんながうなずく中《なか》、ゲンノウさんはぼうっと支配人青鬼《しはいにんあおおに》の後《うし》ろ姿《すがた》を眺《なが》めていた。

「ゲンノウさん？　大丈夫《だいじょうぶ》ですか？」

「……ああ。大丈夫《だいじょうぶ》だ。あの青鬼《あおおに》の衣装《いしょう》、なかなかセンスが良《よ》いなと思《おも》っていただけだよ」

いつものように緊迫感《きんぱくかん》のない答《こた》えが返《かえ》ってきたが、その声色《こわいろ》には元気《げんき》がなかった。

やはりたった一人《ひとり》の親友《しんゆう》である未成《みせい》さんが《王種《おうしゅ》》になったことは、ゲンノウさんにとって衝撃《しょうげき》だったのだろう。

ゲンノウさんのことを気《き》にしつつ、わたしはどこへ逃《に》げるべきか考《かんが》え直《なお》す。

下《した》の階《かい》に戻《もど》って、ひろし君《くん》たちと合流《ごうりゅう》したいところだが、はんぺん青鬼《あおおに》が残《のこ》っている可能性《かのうせい》があるし、この階《かい》も危険《きけん》。

となると、上《うえ》の階《かい》に行《い》くしかないが、なんだか青鬼《あおおに》たちに行《い》き先《さき》をコントロールされている感《かん》じがして気持《きも》ち悪《わる》かった。

キキキーーーッ

洋食《ようしょく》レストランのキッチンのほうから、はんぺん青鬼《あおおに》の鳴《な》き声《ごえ》がうっすらと聞《き》こえてきた。もう料理《りょうり》を食《た》べ尽《つ》くしてしまったのかもしれない。

行《い》き先《さき》を悩《なや》みすぎて、はんぺん青鬼《あおおに》たちに追《お》いつかれる事態《じたい》だけは避《さ》けたい。

わたしは誘導《ゆうどう》されているかもしれない、とみんなに告《つ》げた上《うえ》で確認《かくにん》する。

「それでも上《うえ》の階《かい》に行《い》くのがベストだと思《おも》う。みんな納得《なっとく》してくれる？」

優助《ゆうすけ》がふっと笑《わら》う。

「ここは相手《あいて》のテリトリーなんだ。自由《じゆう》に動《うご》けなくても仕方《しかた》ないって」

「ボクたちならピンチになっても『幻覚《げんかく》の王《おう》』を出《だ》し抜《ぬ》くことができるはずだ。気《き》にすることはない」

知香君《ちかくん》もそう言《い》い、笑顔《えがお》のたまちゃんがはげますように、わたしの周囲《しゅうい》をくるりと一周《いっしゅう》してみせる。パーティー会場《かいじょう》でダメージを受《う》けた二人《ふたり》だが、だいぶ元気《げんき》を取《と》り戻《もど》したようだ。

「さあ、行《い》きましょう。レイカちゃん！」

一歩前《いっぽまえ》に出《で》たスズナちゃんが振《ふ》り返《かえ》って、わたしに手《て》を差《さ》し出《だ》してくれた。

いつの間《ま》にかみんな、ずいぶん頼《たの》もしくなった。

わたしが作戦《さくせん》を考《かんが》えなきゃ。わたしがみんなを守《まも》らなきゃ。

もうそうやって考《かんが》える必要《ひつよう》はないのかもしれない。

みんなで作戦《さくせん》を考《かんが》え、みんながお互《たが》いを守《まも》る。

そんなオカルト調査《ちょうさ》クラブを目指《めざ》すのもいいかも。と思《おも》いながら、わたしは差《さ》し出《だ》されたスズ

ナちゃんの手《て》を取《と》った。

7 大浴場《だいよくじょう》

ホテル四階《よんかい》。この階《かい》には大浴場《だいよくじょう》があるらしい。

大浴場《だいよくじょう》の紹介《しょうかい》ポスターが壁《かべ》にいくつか貼《は》ってあり、わたしはその一《ひと》つに目《め》をやる。

ポスターには大浴場内《だいよくじょうない》を撮《と》った写真《しゃしん》が大《おお》きく使《つか》われていた。

三階《さんかい》の洋食《ようしょく》レストランと同様《どうよう》に、オシャレな内装《ないそう》で非常《ひじょう》にリッチ。サウナなども充実《じゅうじつ》しているようだ。

しばらく歩《ある》いていくと、大浴場《だいよくじょう》につながる二《ふた》つの入《い》り口《ぐち》が現《あらわ》れた。

男女《だんじょ》で分《わ》かれているのだと思《おも》うけれど、肝心《かんじん》の性別表示《せいべつひょうじ》が見当《みあ》たらない。

知香君《ちかくん》が近《ちか》くに掲示《けいじ》されていた説明書《せつめいが》きに目《め》を通《とお》す。

「この大浴場《だいよくじょう》は日《ひ》ごとに、男湯《おとこゆ》と女湯《おんなゆ》が入《い》れ替《か》わるみたいだ。二《ふた》つの大浴場内《だいよくじょうない》の設備《せつび》は異《こと》なっているから、違《ちが》った雰囲気《ふんいき》を楽《たの》しめるらしい」

優助《ゆうすけ》とたまちゃんが入《い》り口横《ぐちよこ》の『掃除中《そうじちゅう》』という表示《ひょうじ》に気《き》づき、近《ちか》づいていく。

「ちょうど男女《だんじょ》を交換《こうかん》する前《まえ》に掃除《そうじ》をしてたみたいだな。だから、男湯《おとこゆ》でも女湯《おんなゆ》でもない状態《じょうたい》になってるってわけだ」

「この階《かい》は大浴場《だいよくじょう》の他《ほか》に大《おお》きな施設《しせつ》も見当《みあ》たらないし、いったんここの脱衣所《だついじょ》に身《み》を隠《かく》して、反撃《はんげき》の方法《ほうほう》を話《はな》し合《あ》いましょうか」

わたしはどちらの脱衣所《だついじょ》に入《はい》るか少《すこ》し迷《まよ》ってから左側《ひだりがわ》を選《えら》んだ。

「でも好都合《こうつごう》だったわね。いくら誰《だれ》もいないとわかっていても、わたしやスズナちゃんが男湯《おとこゆ》の脱衣所《だついじょ》に入《はい》るのは抵抗《ていこう》あるし、優助《ゆうすけ》たちも女湯《おんなゆ》は嫌《いや》でしょ」

「たしかにそうだな……」

気《き》まずそうな様子《ようす》で優助《ゆうすけ》が返事《へんじ》をする。

通路《つうろ》を進《すす》むと、広《ひろ》い脱衣所《だついじょ》に出《で》た。上下二段《じょうげにだん》のロッカーがずらりと並《なら》べられていて、迷路《めいろ》のように入《い》り組《く》んでいる。

空《あ》いているロッカーにはカギが差《さ》してあった。脱《ぬ》いだ服《ふく》をロッカーにしまった後《あと》、カギをかけて浴場内《よくじょうない》に持《も》ちこむスタイルのようだ。

ロッカーの迷路《めいろ》の一番奥《いちばんおく》まで進《すす》み、わたしたちはようやく一息《ひといき》つく。

「まずは今回《こんかい》の件《けん》を整理《せいり》しましょう。わたしたちが探《さが》していた青鬼好《あおおにず》きの《王種《おうしゅ》》は、ゲンノウさんの親友《しんゆう》、遠夢未成《とおゆめみせい》さんだった。《王種《おうしゅ》》としての名前《なまえ》は『幻覚《げんかく》の王《おう》』。幻覚《げんかく》を使《つか》って、青鬼《あおおに》の動《うご》きを操《あやつ》っている。ホテルの客室《きゃくしつ》の中《なか》には幻《まぼろし》を見《み》ている宿泊客《しゅくはくきゃく》たちが残《のこ》っていて、彼《かれ》らを助《たす》けるまで、わたしたちは逃《に》げ出《だ》すわけにはいかない」

優助《ゆうすけ》が苦《にが》い表情《ひょうじょう》を見《み》せる。

「で、俺《おれ》たちはこれからどうすればいいんだ？　未成《みせい》さんを倒《たお》すのか？　それとも話《はな》し合《あ》ってどうにかするのか？」

スズナちゃんが手《て》をあげて、話《はなし》を続《つづ》けた。

「未成《みせい》さんの目的《もくてき》はゲンノウさんを仲間《なかま》にすることですよね？　ゲンノウさんは断《ことわ》ったのに、未《み》成《せい》さんはまだあきらめていません。話《はな》し合《あ》いでどうにかできるんでしょうか……？」

「戦《たたか》うにしても、あの数《かず》のはんぺん青鬼《あおおに》は厄介《やっかい》だ。何体《なんたい》かは倒《たお》せても、その間《あいだ》に誰《だれ》かが襲《おそ》われる可能性《かのうせい》が高《たか》い」

冷静《れいせい》に腕《うで》を組《く》んだ知香君《ちかくん》はそう言《い》って、ゲンノウさんに目《め》を向《む》けた。

「それでゲンノウ。君《きみ》は今《いま》――何《なに》を思《おも》ってる？」

みんなの視線《しせん》がゲンノウさんに集《あつ》まる。

ゲンノウさんはぼんやりとした様子《ようす》のまま、ふっと小《ちい》さく笑《わら》う。

「私《わたし》が青鬼《あおおに》の話《はなし》をしたことで、たった一人《ひとり》の親友《しんゆう》を怪物《かいぶつ》に変《か》えてしまった。その後悔《こうかい》だけだよ。

ずっと頭《あたま》の中《なか》をめぐっているのは」

その声《こえ》は暗《くら》く沈《しず》んでいる。なんとか元気《げんき》づけられないかと考《かんが》えるが、親友《しんゆう》が怪物《かいぶつ》になったショックを和《やわ》らげる方法《ほうほう》は思《おも》いつかなかった。

ゲンノウさんはとても小《ちい》さくつぶやく。

「……なぜ」

「え？」

わたしが聞《き》き返《かえ》すと、ゲンノウさんはいきなり両目《りょうめ》をくわっと開《ひら》いた。

そして、いつも通りバカげたことを大《おお》きな声量《せいりょう》で叫《さけ》ぶ。

「なぜ——私《わたし》じゃなく、未成《みせい》が《王種《おうしゅ》》になっているんだ!?　うらやましい!!　私《わたし》だって腕《うで》を青《あお》鬼化《おにか》させたり、幻覚《げんかく》を使《つか》ってみたりしたい!!　レイカ君《くん》もそう思《おも》うだろう!?」

「…………」

わたしは頭《あたま》が痛《いた》くなり、目《め》をつむって黙《だま》りこむ。

スズナちゃんのあきれ果《は》てた長《なが》いため息《いき》が聞《き》こえてきた。

わたしやスズナちゃんの反応《はんのう》を見《み》た優助《ゆうすけ》が、確認《かくにん》するようにたずねる。

「あー……えっと、ゲンノウさんは未成《みせい》さんが青鬼《あおおに》になったことを悲《かな》しんでるわけじゃないんですか？」

「悲《かな》しむ？　なぜ悲《かな》しむ必要《ひつよう》があるのかね？　私《わたし》だってなれる機会《きかい》があるのなら、喜《よろこ》んで《王《おう》種《しゅ》》になるさ。私《わたし》と未成《みせい》で意見《いけん》が食《く》い違《ちが》ったのは、他人《たにん》を傷《きず》つけていいかどうかという一点《いってん》のみだ。お互《たが》いの考《かんが》えが一致《いっち》しなかったのは残念《ざんねん》だが、親友同士《しんゆうどうし》でもそんなことはよくある。別《べつ》に気《き》にすることではない」

つまり、ゲンノウさんは未成《みせい》さんが先《さき》に《王種《おうしゅ》》になったことがショックだっただけらしい。

スズナちゃんがいつもの三倍《さんばい》くらい、ジトッとした目《め》でゲンノウさんをにらむ。

「心配《しんぱい》して損《そん》しました」

「ん？　何《なに》を心配《しんぱい》していたのかね？」

「もういいです」

スズナちゃんはそっけなく答《こた》えて、再《ふた》び大《おお》きく息《いき》をはいた。スズナちゃんのため息《いき》が止《と》まらない。

「それでゲンノウは、『幻覚《げんかく》の王《おう》』となった遠夢未成《とおゆめみせい》をどうするべきだと思《おも》う？」

知香君《ちかくん》だけは動《どう》じずにそう質問《しつもん》を続《つづ》けた。

この展開《てんかい》をある程度予想《ていどよそう》していたのかもしれない。

「未成《みせい》の考《かんが》えには賛同《さんどう》できない。青鬼《あおおに》を使《つか》って他人《たにん》を傷《きず》つけて何《なに》になる？　その先《さき》には何《なに》もないだろう。私《わたし》たちには平和《へいわ》な日常《にちじょう》があるからこそ、非日常《ひにちじょう》であるオカルトを存分《ぞんぶん》に楽《たの》しむことができるんだ」

すっかりいつもの調子《ちょうし》に戻《もど》ったゲンノウさんは、はっきりと言《い》う。

「――私《わたし》たちの手《て》で未成《みせい》の目《め》を覚《さ》まさせるとしよう。そのためなら、正面《しょうめん》から戦《たたか》ったっていい」

ゲンノウさんの宣言《せんげん》で今後《こんご》の方針《ほうしん》は決《き》まった。

あとはわたしたちを追《お》ってくるはんぺん青鬼《あおおに》の数《かず》を減《へ》らせれば、だいぶ動《うご》きやすくなるのだけれど。

そう思《おも》った時《とき》だった。

とてとて、とかすかな足音《あしおと》が聞《き》こえた。

わたしは近《ちか》くのロッカーのかげにぴたりと張《は》りつき、音《おと》がした出入《でい》り口《ぐち》付近《ふきん》の様子《ようす》をうかがう。

すると――。

「……え」

自分《じぶん》の目《め》を疑《うたが》う。

なぜならわたしの視界《しかい》に映《うつ》ったのは小《ちい》さなタオルを肩《かた》にかけた、数体《すうたい》のはんぺん青鬼《あおおに》だったからだ。

……お風呂《ふろ》に入《はい》る気満々《きまんまん》だ。

さっき、下《した》の階《かい》でレストランの料理《りょうり》を食《た》べた個体《こたい》だろう。お腹《なか》がいっぱいになったらしく、満足《まんぞく》げな表情《ひょうじょう》を浮《う》かべており、大浴場《だいよくじょう》につながる扉《とびら》を短《みじか》い腕《うで》で開《あ》けた。

そうして大浴場《だいよくじょう》へと消《き》えていく。

「レイカちゃん、何《なに》が起《お》こっているんですか……？」

スズナちゃんが口元《くちもと》に手《て》をそえて小声《こごえ》でたずねてくる。わたしは目《め》にした光景《こうけい》をまだ信《しん》じられず、首《くび》をかしげながら答《こた》えた。

「お腹《なか》を満《み》たしたはんぺん青鬼《あおおに》たちが、今度《こんど》はホテルのお風呂《ふろ》を楽《たの》しみにいった……みたい？」

「それは、すごくホテルを満喫《まんきつ》してますね……！」

スズナちゃんも反応《はんのう》に困《こま》ったのか、緊張感《きんちょうかん》に欠《か》ける言葉《ことば》が返《かえ》ってきた。

はんぺん青鬼《あおおに》たちは未成《みせい》さんの幻覚《げんかく》で大好物《だいこうぶつ》に見《み》えたわたしたちを追《お》っていただけだ。

お腹《なか》がいっぱいになった今《いま》、わたしたちに興味《きょうみ》を失《うしな》うのは当然《とうぜん》といえば、当然《とうぜん》なのだが——必《ひっ》

死《し》に逃《に》げていた身《み》としてはなんとなく納得《なっとく》できない。

「一方的《いっぽうてき》に鬼《おに》ごっこをやめられたような、そんな理《り》不尽《ふじん》さを感《かん》じるわ……」

「いや、はんぺん青鬼《あおおに》が追《お》ってこないなら、そのほうがいいだろ。なんで不満《ふまん》そうなんだよ」

優助《ゆうすけ》がそうやってわたしにツッコミを入《い》れた時《とき》だった。


キキッ？


すぐ近《ちか》くで鳴《な》き声《ごえ》がした。

顔《かお》を向《む》けると、タオルを肩《かた》にかけたはんぺん青鬼《あおおに》のうちの一体《いったい》が目《め》の前《まえ》に立《た》っていた。

どうやらわたしたちの気配《けはい》を感《かん》じ取《と》って、様子《ようす》を見《み》にきたようだ。

わたしとはんぺん青鬼《あおおに》はしばらくの間《あいだ》、お互《たが》いを無言《むごん》で見《み》つめ続《つづ》け——。

「——見《み》つかったわっ！」


キキーーーッ!!

と同時《どうじ》に叫《さけ》び声《ごえ》を上《あ》げる。

「今《いま》のは、ぼーっとしてたレイカが悪《わる》いと思《おも》うぞ！」

優助《ゆうすけ》の指摘《してき》はもっともである。はんぺん青鬼《あおおに》たちのゆるさに引《ひ》きずられて、警戒《けいかい》が甘《あま》くなっていたことを反省《はんせい》する。

わたしたちは走《はし》り出《だ》し、入《い》り口側《ぐちがわ》に抜《ぬ》けようとするが、叫《さけ》び声《ごえ》を聞《き》いたはんぺん青鬼《あおおに》たちが次々《つぎつぎ》に入《い》り口《ぐち》からやってくる。

その中《なか》にはまだお腹《なか》がふくれていない個体《こたい》もいたようで、わたしたちを見《み》るなり、よだれをたらした。

「今《いま》、入《い》り口《ぐち》から出《で》るのは無茶《むちゃ》だ！　あまりいい逃《に》げ場所《ばしょ》じゃないが……一度《いちど》、大浴場《だいよくじょう》に逃《に》げこんで、はんぺん青鬼《あおおに》たちを引《ひ》きつけるしかない！」

知香君《ちかくん》の言葉《ことば》にうなずいたわたしたちは方向転換《ほうこうてんかん》し、大浴場《だいよくじょう》へと足《あし》を踏《ふ》み入《い》れる。

その瞬間《しゅんかん》、熱気《ねっき》が全身《ぜんしん》を包《つつ》んだ。

大浴場《だいよくじょう》の内部《ないぶ》は全体的《ぜんたいてき》に大人《おとな》びた雰囲気《ふんいき》で、大《おお》きな浴槽《よくそう》がいくつも設置《せっち》されており、サウナも数種類《すうしゅるい》あるようだった。

湯気《ゆげ》の中《なか》で目《め》をこらすと、気持《きも》ち良《よ》さそうに湯船《ゆぶね》につかっているはんぺん青鬼《あおおに》たちの姿《すがた》が確認《かくにん》できる。

お腹《なか》いっぱいの彼《かれ》らはずいぶん呑気《のんき》なもので、仲間《なかま》のはんぺん青鬼《あおおに》たちがわたしたちを追《お》いかけている光景《こうけい》を見《み》ても、浴槽《よくそう》から出《で》てくる気配《けはい》はない。完全《かんぜん》に温《あたた》かいお風呂《ふろ》を楽《たの》しんでいた。

じんわりと汗《あせ》が出《で》て、肌《はだ》に服《ふく》がまとわりついてくる。

服《ふく》を着《き》たまま、長《なが》くいたい場所《ばしょ》ではない。

スズナちゃんを見《み》ると、メガネのレンズが湯気《ゆげ》で真《ま》っ白《しろ》になっていた。

「うう、前《まえ》がよく見《み》えません……」

足元《あしもと》のタイルは水気《みずけ》が多《おお》く、気《き》を抜《ぬ》けばすぐに転《ころ》びそうだ。

「うわあああ！　この辺《へん》の床《ゆか》、めちゃくちゃすべるぞ！」

優助《ゆうすけ》が体勢《たいせい》を崩《くず》しかけるが、近《ちか》くの壁《かべ》に手《て》をついてなんとか耐《た》える。とても全力《ぜんりょく》で走《はし》ることなどできない。

最悪《さいあく》の環境《かんきょう》。しかし、それははんぺん青鬼《あおおに》たちにとっても同《おな》じだ。


キキッ⁉

何《なに》も考《かんが》えずに追《お》ってきたはんぺん青鬼《あおおに》のうちの数体《すうたい》が、思《おも》いきり足《あし》をすべらせ、その場《ば》にすてんと転《ころ》がる。

それを見《み》て、わたしはある作戦《さくせん》を思《おも》いついた。

「みんな！　少《すこ》しの間《あいだ》、はんぺん青鬼《あおおに》たちの注意《ちゅうい》を引《ひ》きつけてくれる？」

「了解《りょうかい》だ。なんとかする！」

知香君《ちかくん》がそう言《い》い、たまちゃんもやる気《き》を見《み》せて左右《さゆう》に揺《ゆ》れた。

わたしはみんなから離《はな》れると、急《いそ》いで洗《あら》い場《ば》へと向《む》かう。

洗《あら》い場《ば》はシャワーやプラスチック製《せい》の椅子《いす》、風呂桶《ふろおけ》、シャンプー、ボディソープなどが用意《ようい》されている身体《からだ》を洗《あら》うスペースだ。

わたしは置《お》いてあった風呂桶《ふろおけ》の中《なか》にお湯《ゆ》を貯《た》め、その中《なか》にボディソープを入《い》れる。それらを手《て》でかき混《ま》ぜると、ぬるぬると泡立《あわだ》った石《せっ》けん水《すい》が完成《かんせい》した。

すべりやすい大浴場《だいよくじょう》の床《ゆか》にこれをまけば、はんぺん青鬼《あおおに》たちを全員転《ぜんいんころ》ばせることができるはずだ。

みんなの様子《ようす》を確認《かくにん》するため、洗《あら》い場《ば》から浴槽《よくそう》があるほうを見《み》ると、ちょうどゲンノウさんが先頭《せんとう》を走《はし》っているところだった。

「ははは！　童心《どうしん》に帰《かえ》ったようで面白《おもしろ》いな！」

「ゲンノウさん！　あんまり調子《ちょうし》に乗《の》ったら転《ころ》びますって！」

相変《あいか》わらずのゲンノウさんを心配《しんぱい》して、優助《ゆうすけ》が注意《ちゅうい》する。

「大丈夫《だいじょうぶ》だよ、優助君《ゆうすけくん》！　大人《おとな》がそう簡単《かんたん》に転《ころ》ぶわけが――」

と、そこまで言《い》ったゲンノウさんの足《あし》がつるっとすべった。

「うおおおおおっ!!」

大声《おおごえ》を上《あ》げながら、ゲンノウさんの身体《からだ》が宙《ちゅう》を舞《ま》い。


バッシャーーン!!


大《おお》きな水《みず》しぶきを立《た》てて、湯船《ゆぶね》の中《なか》に消《き》えていった。

その湯船《ゆぶね》には、お風呂《ふろ》を満喫中《まんきつちゅう》のはんぺん青鬼《あおおに》たちがいて、彼《かれ》らは何《なに》が起《お》こったのかわからず、パニック状態《じょうたい》になっている。普通《ふつう》に行動《こうどう》しているだけで青鬼《あおおに》をパニックにさせられる人間《にんげん》なんて、ゲンノウさんくらいしかいないだろう。

お湯《ゆ》の中《なか》から勢《いきお》いよくゲンノウさんが顔《かお》を出《だ》した。

「ハハハハハハ!!　少《すこ》し油断《ゆだん》してしまったようだ！」

特《とく》にケガはないようでゲンノウさんは豪快《ごうかい》に笑《わら》う。　そして同《おな》じ浴槽内《よくそうない》にはんぺん青鬼《あおおに》たちがいることに気《き》づき、目《め》を輝《かがや》かせた。

「なんと！　まさか青鬼《あおおに》と同《おな》じ湯《ゆ》につかることができるとは！　これは貴重《きちょう》な経験《けいけん》――」

興奮気味《こうふんぎみ》のゲンノウさんの言葉《ことば》が、途中《とちゅう》でぴたりと止《と》まる。

湯船《ゆぶね》のわきに立《た》ったスズナちゃんが、鬼《おに》の形相《ぎょうそう》でゲンノウさんを見下《みお》ろしていたからだ。

「……ゲンノウさん、早《はや》く出《で》てきてください」

冷淡《れいたん》な声色《こわいろ》でスズナちゃんが告《つ》げる。

「わ、わかった。わかったから、それ以上怒《いじょうおこ》らないでくれたまえ……」

ゲンノウさんはしゅん、と身《み》を小《ちい》さくして浴槽《よくそう》から上《あ》がってくる。全身《ぜんしん》は言《い》うまでもなくびしょ濡《ぬ》れ。

はんぺん青鬼《あおおに》たちから上手《うま》く逃《に》げられたら、どこかで乾《かわ》かす必要《ひつよう》があるだろう。

作戦《さくせん》の準備《じゅんび》ができたので、わたしは両手《りょうて》を振《ふ》って大声《おおごえ》を出《だ》す。

「こっちに来《き》て！」

調査《ちょうさ》クラブとそれを追《お》っていたはんぺん青鬼《あおおに》たちの注意《ちゅうい》がわたしに向《む》いた。

優助《ゆうすけ》たちははんぺん青鬼《あおおに》たちを連《つ》れてこちらへと走《はし》ってくる。

わたしも石《せっ》けん水《すい》が入《はい》った風呂桶《ふろおけ》を構《かま》えて、準備万端《じゅんびばんたん》だ。

「みんなはそのまま洗《あら》い場《ば》を通過《つうか》して、脱衣所《だついじょ》に戻《もど》ってて！　あとはわたしがはんぺん青鬼《あおおに》たちを転《ころ》ばせる！」

まず優助《ゆうすけ》、知香君《ちかくん》が通過《つうか》し、その後《あと》にスズナちゃんが続《つづ》く。

そしてゲンノウさんが目《め》の前《まえ》を通《とお》り過《す》ぎたことを確認《かくにん》して。


――わたしはぬるぬるの石《せっ》けん水《すい》を洗《あら》い場《ば》の床《ゆか》にぶちまけた。


石《せっ》けん水《すい》を踏《ふ》んだはんぺん青鬼《あおおに》たちは次々《つぎつぎ》に転《ころ》び、ついでに泡《あわ》だらけになる。

立《た》ち上《あ》がろうとしても、周囲一帯《しゅういいったい》が石《せっ》けん水《すい》まみれになっているせいで、はんぺん青鬼《あおおに》たちは何度《なんど》も床《ゆか》へと倒《たお》れこんだ。

作戦《さくせん》は大成功《だいせいこう》だ。

わたしは起《お》き上《あ》がれないはんぺん青鬼《あおおに》たちに背《せ》を向《む》けて、脱衣所《だついじょ》に戻《もど》ったみんなのもとへと急《いそ》ぐ。

これでしばらく、はんぺん青鬼《あおおに》たちは追《お》ってこられないだろう。

次《つぎ》にやるべきことは――。

「ゲンノウさんを乾《かわ》かさないといけないわよね……」

げんなりとしつつ、わたしはつぶやいた。

8 客室《きゃくしつ》フロア

ホテル六階《ろっかい》。

わたしたちは宿泊客向《しゅくはくきゃくむ》けの客室《きゃくしつ》フロアにやってきていた。

その理由《りゆう》は一《ひと》つ。

ゲンノウさんの着替《きが》えを探《さが》すためだ。

「すまないね、諸君《しょくん》……」

びしょ濡《ぬ》れのままのゲンノウさんが、落《お》ちこんだようにうなだれている。その横《よこ》では、スズナちゃんが冷《つめ》たい視線《しせん》をずっとゲンノウさんにあびせ続《つづ》けていた。

脱衣所《だついじょ》を去《さ》る際《さい》に、用意《ようい》されていたバスタオルを数枚《すうまい》つかんで持《も》ってきたものの、服《ふく》の水分《すいぶん》は取《と》りきれていない。

髪《かみ》はずいぶん乾《かわ》いたみたいだが、服《ふく》の上下《じょうげ》と靴《くつ》に関《かん》しては、なるべく早《はや》く代《か》わりを見《み》つけなければならなかった。

ゲンノウさんに風邪《かぜ》を引《ひ》かれては困《こま》るというのはもちろん、ホテルの床《ゆか》やカーペットに水《みず》をたらしてしまうと、青鬼《あおおに》たちがそれをたどって追《お》いかけてくる可能性《かのうせい》がある。

客室《きゃくしつ》フロアはしんと静《しず》まり返《かえ》っていた。一面《いちめん》に赤《あか》いカーペットが敷《し》かれており、壁《かべ》にはオシャレな照明《しょうめい》が取《と》りつけられている。

未成《みせい》さんの話《はなし》だと、宿泊客《しゅくはくきゃく》たちは幻《まぼろし》を見《み》て各部屋《かくへや》にいるらしいが、物音《ものおと》は一《ひと》つもなく、不気味《ぶきみ》な雰囲気《ふんいき》がただよっている。今《いま》のところ、支配人青鬼《しはいにんあおおに》やはんぺん青鬼《あおおに》たちの姿《すがた》もない。

試《ため》しに近《ちか》くの部屋《へや》のドアを開《あ》けてみようとしたが、当然《とうぜん》カギがかかっていて、中《なか》に入《はい》ることはできなかった。

どこかの客室《きゃくしつ》に入《はい》れれば、ゲンノウさんが着《き》られそうなバスローブなどを調達《ちょうたつ》できると思《おも》うのだけれど。

「む？」

不意《ふい》にゲンノウさんが立《た》ち止《ど》まった。

「どうした、ゲンノウ？」

知香君《ちかくん》も足《あし》を止《と》めて首《くび》をかしげる。

ゲンノウさんはびしょ濡《ぬ》れになったジャケットのポケットに手《て》を入《い》れると、水滴《すいてき》のついたスマホを取《と》り出《だ》した。

「スマホが振動《しんどう》してね。おそらくチャットアプリの通知《つうち》だろう」

ゲンノウさんのスマホは防水仕様《ぼうすいしよう》で、水没《すいぼつ》しても壊《こわ》れておらず、問題《もんだい》なく電源《でんげん》が入《はい》った。画面《がめん》に視線《しせん》を落《お》としたゲンノウさんがにやっと笑《わら》う。

「皆《みな》、いい知《し》らせだ。トノマチ君《くん》とひろし君《くん》から連絡《れんらく》が届《とど》いた。彼《かれ》らはホテル一階《いっかい》の放送室《ほうそうしつ》のような部屋《へや》に立《た》てこもっているらしい。きっと館内《かんない》アナウンスなどをするための場所《ばしょ》だろう。二人《ふたり》ともケガはないとのことだ」

その報告《ほうこく》を聞《き》いたわたしやスズナちゃんは一安心《ひとあんしん》して息《いき》をはく。

ずっと青鬼《あおおに》に追《お》われていたせいで、ひろし君《くん》たちとスマホで連絡《れんらく》を取《と》るという考《かんが》えが今《いま》まで出《で》てこなかったが、無事《ぶじ》なようでなによりだ。

ゲンノウさんは短《みじか》く返事《へんじ》を打《う》ち、顔《かお》を上《あ》げる。

「よし。今後《こんご》はチャットアプリでお互《たが》いの状況《じょうきょう》を報告《ほうこく》することにした。以前《いぜん》、お互《たが》いの研究《けんきゅう》について語《かた》るために、トノマチ君《くん》と連絡先《れんらくさき》を交換《こうかん》しておいてよかったよ」

「チャットなら声《こえ》を出《だ》せない環境《かんきょう》でも連絡《れんらく》が取《と》れますし、いいですね――」

わたしがそうやって返事《へんじ》をした時《とき》だ。

前方《ぜんぽう》でコトリ、と小《ちい》さな物音《ものおと》がした。

バッと目《め》を向《む》けるが、廊下《ろうか》に変化《へんか》はない。

「今《いま》、何《なに》か音《おと》がしたわよね？」

「気《き》をつけろ。俺《おれ》も聞《き》こえた」

優助《ゆうすけ》が真剣《しんけん》な顔《かお》つきになって答《こた》える。

日常生活《にちじょうせいかつ》の中《なか》だったら「気《き》のせい」で済《す》ませる程度《ていど》の小《ちい》さな音《おと》。

しかし青鬼《あおおに》が近《ちか》くにいる状況《じょうきょう》では、どんなささいな出来事《できごと》も無視《むし》できない。

わたしたちはじっと息《いき》をひそめる。

無音《むおん》の時間《じかん》が続《つづ》く。

一秒《いちびょう》、二秒《にびょう》、三秒《さんびょう》……。

「……問題《もんだい》なさそうですかね？」

しばらくして、最初《さいしょ》にスズナちゃんが緊張《きんちょう》を解《と》いた。

その瞬間《しゅんかん》――。


キーーーーッ!!

廊下《ろうか》の両側《りょうがわ》にある、たくさんの客室《きゃくしつ》のドアがいっせいに開《ひら》き、大量《たいりょう》のはんぺん青鬼《あおおに》が飛《と》び出《だ》してきた。

「待《ま》ち伏《ぶ》せだ！」

知香君《ちかくん》が鋭《するど》く叫《さけ》んだ。

十数体《じゅうすうたい》のはんぺん青鬼《あおおに》はすでに突撃《とつげき》してきている。今回《こんかい》は逃《に》げきれない。

優助《ゆうすけ》も同《おな》じ判断《はんだん》をしたようで、たまちゃんのもとに駆《か》け寄《よ》っていく。

「たまちゃん、力《ちから》を貸《か》してくれ！　俺《おれ》が青鬼《あおおに》になって戦《たたか》う！」

たまちゃんはうなずくように上下《じょうげ》に揺《ゆ》れ、それから優助《ゆうすけ》の全身《ぜんしん》を青《あお》い炎《ほのお》で包《つつ》みこんだ。

ぶぉおおおおおっ!!

青鬼化《あおおにか》した優助《ゆうすけ》が大《おお》きな叫《さけ》び声《ごえ》とともに、たまちゃんの炎《ほのお》の中《なか》から現《あらわ》れる。

優助青鬼《ゆうすけあおおに》はわたしたちを守《まも》る形《かたち》で、はんぺん青鬼《あおおに》たちの前《まえ》に立《た》ちはだかった。はんぺん青鬼《あおおに》た

ちは止《と》まることなく、優助青鬼《ゆうすけあおおに》に向《む》かって飛《と》びかかる。

優助青鬼《ゆうすけあおおに》はぶんっ、と大《おお》きく腕《うで》を振《ふ》り、接《せっ》近《きん》してきたはんぺん青鬼《あおおに》たちをまとめて弾《はじ》き飛《と》ばした。

しかし、はんぺん青鬼《あおおに》たちはあきらめずに起《お》き上《あ》がり、何度《なんど》も優助青鬼《ゆうすけあおおに》に体当《たいあ》たりする。

わたしが優助青鬼《ゆうすけあおおに》たちの激《はげ》しい攻防《こうぼう》から目《め》を離《はな》せずにいると。

「レイカちゃん、後《うし》ろ！」

顔色《かおいろ》を変《か》えたスズナちゃんの声《こえ》が聞《き》こえた。

わたしは勢《いきお》いよく後《うし》ろを振《ふ》り返《かえ》る。

すると視界《しかい》いっぱいに、無数《むすう》のキバをむい

て跳《と》び上《あ》がったはんぺん青鬼《あおおに》の姿《すがた》が映《うつ》った。

背後《はいご》の客室《きゃくしつ》に隠《かく》れていたようだ。

はんぺん青鬼《あおおに》は目《め》と鼻《はな》の先《さき》まで迫《せま》っていた。

――次《つぎ》の瞬間《しゅんかん》には食《く》いつかれる。

全身《ぜんしん》に鳥肌《とりはだ》が立《た》つ。避《よ》けようとしても間《ま》に合《あ》わない。

ただ目《め》を見開《みひら》くことしかできない。そんなわたしの肩越《かたご》しに、何《なに》かがびゅんとはんぺん青鬼《あおおに》に向《む》かって飛《と》んでいった。

少《すこ》し遅《おく》れてその正体《しょうたい》に気《き》づく。

「たまちゃんッ！」

優助《ゆうすけ》の青鬼化《あおおにか》を解除《かいじょ》して駆《か》けつけたたまちゃんと、はんぺん青鬼《あおおに》が正面《しょうめん》から激《はげ》しくぶつかる。

はんぺん青鬼《あおおに》は後《うし》ろに大《おお》きく吹《ふ》き飛《と》び、目《め》を回《まわ》して床《ゆか》に倒《たお》れた。

たまちゃんもふらふらとしていたが、わたしがキャッチし、しっかりと右腕《みぎうで》で抱《かか》えこむ。

「ごめんね。ありがとう、いつも助《たす》けてくれて」

わたしはたまちゃんをそっとなでた。

たまちゃんは小《ちい》さく笑顔《えがお》を見《み》せてくれる。

しかし、浮《う》かび上《あ》がる元気《げんき》はないようだった。パーティー会場《かいじょう》では未成《みせい》さんの幻《まぼろし》からも守《まも》ってくれたし、しばらくは休《やす》ませてあげないといけない。

「――ようやく邪魔《じゃま》な青《あお》いひとだまが動《うご》かなくなったね」


廊下《ろうか》に女性《じょせい》の声《こえ》が響《ひび》いた。

人間《にんげん》の姿《すがた》に戻《もど》った優助《ゆうすけ》とにらみ合《あ》っていた、はんぺん青鬼《あおおに》たちの動《うご》きがぴたりと停止《ていし》する。

そしてドアが開《ひら》きっ放《ぱな》しになっていた客室《きゃくしつ》の一《ひと》つから「彼女《かのじょ》」が姿《すがた》を見《み》せた。

「未成《みせい》さん……！」

わたしは現《あらわ》れた『幻覚《げんかく》の王《おう》』――未成《みせい》さんに苦《にが》い表情《ひょうじょう》を向《む》けた。

彼女《かのじょ》の後《うし》ろには、スーツを着《き》こなした例《れい》の支配人青鬼《しはいにんあおおに》もつき従《したが》っている。

「ホテルのいろいろな場所《ばしょ》で青鬼《あおおに》に追《お》われるのは、とっても楽《たの》しかったでしょ？」

未成《みせい》さんはそう言《い》って笑《わら》う。

その言葉《ことば》はゲンノウさんの発言《はつげん》みたいだったが、一《ひと》つ明《あき》らかに異《こと》なる点《てん》があった。

強烈《きょうれつ》な悪意《あくい》がふくまれていたのだ。

わたしたちに視線《しせん》を向《む》けて、未成《みせい》さんは楽《たの》しそうに告《つ》げる。

「青《あお》いひとだまの体力《たいりょく》がなくなった今《いま》、みんなはもう私《わたし》の幻覚《げんかく》から身《み》を守《まも》ることができない。せっかくだから、これから面白《おもしろ》い幻覚《げんかく》を見《み》せてあげるよ。魔尾町《まおまち》くんはよく考《かんが》えてね。私《わたし》の仲間《なかま》になれば、こんなに素晴《すば》らしい《王種《おうしゅ》》の力《ちから》を研究《けんきゅう》できるんだよ？」

未成《みせい》さんの両目《りょうめ》が赤《あか》く輝《かがや》く。

それは《王種《おうしゅ》》の能力《のうりょく》が発動《はつどう》する合図《あいず》。

しかし未成《みせい》さんが言《い》った通《とお》り、もうたまちゃんに守《まも》ってもらうことはできない。

そして彼女《かのじょ》は指《ゆび》を鳴《な》らした。

パチンッ

その瞬間《しゅんかん》、目《め》がかすんだように視界《しかい》がぼやけ、頭《あたま》の中《なか》がかき回《まわ》される感覚《かんかく》がした。

かすかに込《こ》み上《あ》げた吐《は》き気《け》をおさえたわたしは、目《め》の前《まえ》の異常《いじょう》な光景《こうけい》に顔《かお》をしかめる。

——正面《しょうめん》の床《ゆか》が大《おお》きくせり上《あ》がり、壁《かべ》へと変《か》わっていた。

未成《みせい》さん、支配人《しはいにん》青鬼《あおおに》、そして優助《ゆうすけ》とはんぺん青鬼《あおおに》たちは壁《かべ》の向《む》こうに消《き》えてしまった。
わたしの近《ちか》くにいるスズナちゃんも知香君《ちかくん》もゲンノウさんも、みんな同《おな》じ幻覚《げんかく》が見《み》えているよ

うで、驚《おどろ》いた表情《ひょうじょう》で突然《とつぜん》現《あらわ》れた壁《かべ》を見《み》つめている。

その壁《かべ》の向《む》こうから未成《みせい》さんの声《こえ》がした。

「みんなに見《み》えている光景《こうけい》は幻《まぼろし》。でも現実《げんじつ》と見分《みわ》けがつかないくらいリアルでしょ？　これが私《わたし》の《王種《おうしゅ》》の能力《のうりょく》だよ」

わたしはちらりとゲンノウさんに目《め》をやる。

ゲンノウさんは感動《かんどう》したように身体《からだ》を震《ふる》わせていた。

「ただの人間《にんげん》だった未成《みせい》がここまでの力《ちから》を得《え》るとは！　この能力《のうりょく》はパラサイトバグが持《も》つものなのか？　それとも人間《にんげん》に隠《かく》された力《ちから》が引《ひ》き出《だ》されているのか？　どちらにせよ、やはり青鬼《あおおに》の力《ちから》は素晴《すば》らしい！」

興奮《こうふん》したように早口《はやくち》でそう言《い》ったゲンノウさんは。

「――だからこそ、残念《ざんねん》だよ。我《わ》が親友《しんゆう》と手《て》を組《く》めないことが」

すっと真顔《まがお》になり、それから冷《つめ》たく言《い》い放《はな》った。

未成《みせい》さんの声色《こわいろ》がいら立《だ》ったように、少《すこ》しだけきつくなる。

「……魔尾町《まおまち》くん、本当《ほんとう》に変《か》わったね。でも大丈夫《だいじょうぶ》。私《わたし》の幻《まぼろし》で、目《め》を覚《さ》まさせてあげる」

その声《こえ》と同時《どうじ》、わたしはググッと足元《あしもと》の床《ゆか》が動《うご》いたことに気《き》づく。

「危《あぶ》ないっ！」

とっさにゲンノウさんの手《て》を引《ひ》いて後《うし》ろに下《さ》がる。すると、わたしたちが立《た》っていた場所《ばしょ》の床《ゆか》が勢《いきお》いよく天井《てんじょう》までせり上《あ》がった。

もし巻《ま》きこまれていたら、天井《てんじょう》との間《あいだ》にはさまれて、身体《からだ》がぺちゃんこになっていただろう。

幻《まぼろし》によって痛《いた》みを感《かん》じるのかはわからない。

だけどもし痛《いた》みを感《かん》じるのならば、激痛《げきつう》のショックで命《いのち》を落《お》とすことだって考《かんが》えられる。

また足元《あしもと》の床《ゆか》が動《うご》き始《はじ》めた。

「スズナちゃん、知香君《ちかくん》、走《はし》って！」

わたしは近《ちか》くにいた二人《ふたり》に指示《しじ》を出《だ》し、ゲンノウさんの手《て》を引《ひ》いたまま、来《き》た道《みち》を戻《もど》る形《かたち》で走《はし》り出《だ》した。同時《どうじ》、次々《つぎつぎ》と後方《こうほう》の床《ゆか》がせり上《あ》がり、廊下《ろうか》が閉《と》ざされていく。

「優助君《ゆうすけくん》はどうするんですか⁉」

スズナちゃんが走《はし》りながら叫《さけ》ぶ。

優助《ゆうすけ》は未成《みせい》さんと一緒《いっしょ》に壁《かべ》の向《む》こうにいる。今《いま》は逃《に》げるしかない。

「未成《みせい》さんが現《あらわ》れてから、青鬼《あおおに》たちはおとなしくなった。優助《ゆうすけ》が襲《おそ》われたような音《おと》も聞《き》こえなかったわ。……ここは無事《ぶじ》であることを信《しん》じましょう」

さらに知香君《ちかくん》があることに気《き》づく。

「レイカ、たまちゃんはどうした！」

「え？」

わたしは弱《よわ》ったたまちゃんをずっと右腕《みぎうで》で抱《かか》えている。ちゃんと感触《かんしょく》もある。

そう思《おも》って視線《しせん》を落《お》とすと、わたしが大事《だいじ》に抱《かか》えていたのは――はんぺん青鬼《あおおに》の人形《にんぎょう》だった。

「きゃあ！」

さすがにびっくりして、わたしは人形《にんぎょう》を放《ほう》り投《な》げる。すると、人形《にんぎょう》はポンと可愛《かわい》らしく弾《はじ》けて消《き》えてしまった。

「すり替《か》えられた……？」

わたしはそうつぶやいて、しかし走《はし》りながら冷静《れいせい》に考《かんが》え直《なお》す。

未成《みせい》さんの能力《のうりょく》はあくまで『幻《まぼろし》』を見《み》せること。

抱《かか》えていたたまちゃんを、わたしに気《き》づかれずにすり替《か》えることは不可能《ふかのう》だ。

だとしたら。

「さっきの人形《にんぎょう》が、たまちゃんだったの……？」

未成《みせい》さんの幻《まぼろし》にだまされて、自分《じぶん》からたまちゃんを手放《てばな》してしまった。その可能性《かのうせい》が高《たか》い。

引《ひ》き返《かえ》そうにも、すでに人形《にんぎょう》を放《ほう》り出《だ》した場所《ばしょ》の床《ゆか》はせり上《あ》がってしまっている。

遠《とお》くから、未成《みせい》さんのきれいな笑《わら》い声《ごえ》が聞《き》こえた。

「青《あお》いひとだまと優助《ゆうすけ》くんは預《あず》かっておくね。さあ、みんなは幻覚《げんかく》を楽《たの》しんで！」

未成《みせい》さんの言葉《ことば》が終《お》わる頃《ころ》には、わたしたちは客室《きゃくしつ》フロアの廊下《ろうか》から完全《かんぜん》に追《お》い出《だ》され、さっきまでいた場所《ばしょ》はすべて、せり上《あ》がった床《ゆか》で埋《う》まってしまっていた。

9　ひろし君《くん》の秘策《ひさく》

廊下《ろうか》で未成《みせい》さんと出会《であ》ってから、彼女《かのじょ》にペースを握《にぎ》られっぱなしだ。

優助《ゆうすけ》と分断《ぶんだん》され、たまちゃんを手放《てばな》し、ボロボロのわたしたちは客室《きゃくしつ》フロアの真《ま》ん中辺《なかあた》りで立《た》ち往生《おうじょう》していた。

「これ、どうすればいいんでしょうか……」

スズナちゃんが困惑《こんわく》した声色《こわいろ》でそう言《い》う。

「ふむ。これは面白《おもしろ》い状況《じょうきょう》だな！」

ゲンノウさんは腕組《うでぐ》みをして楽《たの》しげだ。

——わたしたちの周囲《しゅうい》には、もくもくとした白《しろ》い霧《きり》が満《み》ちていた。

これも未成《みせい》さんの幻覚《げんかく》の一《ひと》つだろう。

霧《きり》によって視界《しかい》が完全《かんぜん》にふさがれているので、どっちに進《すす》めば他《ほか》の場所《ばしょ》に行《い》けるのかわからない。

そのため、さっきからわたしたちは足止《あしど》めを食《く》らっていた。

振《ふ》り返《かえ》ると、元来《もとき》た方向《ほうこう》にも霧《きり》が立《た》ちこめている。

引《ひ》き返《かえ》すことも難《むずか》しそうだ。

「ホテルの中《なか》に白《しろ》い霧《きり》……とても非日常的《ひにちじょうてき》な光景《こうけい》だ！」

ちなみに、霧《きり》を前《まえ》にはしゃいでいるゲンノウさんは新品《しんぴん》の服《ふく》に着替《きが》えていた。

少《すこ》し前《まえ》、廊下《ろうか》から追《お》い出《だ》されたわたしたちは、ゲンノウさんが着《き》られそうな白《しろ》いシャツとズボン、それと靴《くつ》が床《ゆか》に置《お》かれているのを見《み》つけたのだ。

着替《きが》えの横《よこ》には『体調《たいちょう》を崩《くず》さないでね！』というメモ書《が》きがそえてあった。ゲンノウさんいわく、未成《みせい》さんの字《じ》らしい。

仲間《なかま》にする予定《よてい》のゲンノウさんが風邪《かぜ》を引《ひ》くのは好《この》ましくなかったのだろう。

「この霧《きり》は厄介《やっかい》ね……。ずっとここにいるわけにもいかないし、手探《てさぐ》りで進《すす》むべきかしら」

わたしの言葉《ことば》に知香君《ちかくん》が反応《はんのう》する。

「あまりオススメはしないな。適当《てきとう》に進《すす》んでしまうと、自分《じぶん》たちの位置《いち》を完全《かんぜん》に見失《みうしな》うことにもなりかねない」

「でも、わたしたちが未成《みせい》さんの幻《まぼろし》の影響《えいきょう》を受《う》けている限《かぎ》り、この霧《きり》はなくならないわよね？何《なに》か解決方法《かいけつほうほう》があればいいんだけれど……」

わたしがため息《いき》をついたその時《とき》。

「む？」

ゲンノウさんがごそごそとズボンのポケットに手《て》を入《い》れる。

取《と》り出《だ》したのは、画面《がめん》に通知《つうち》が表示《ひょうじ》されたスマホだった。

「トノマチ君《くん》からの定期連絡《ていきれんらく》だ。ちょうどいい。彼《かれ》やひろし君《くん》に霧《きり》を抜《ぬ》けるためのアイディアがないか、聞《き》いてみようじゃないか。このアプリには通話機能《つうわきのう》もある。さっそくかけてみよう」

ゲンノウさんはスマホを操作《そうさ》し、スピーカーモードにした状態《じょうたい》でトノマチさんに通話《つうわ》をかける。

何度《なんど》か呼《よ》び出《だ》し音《おん》が鳴《な》った後《あと》、通話《つうわ》がつながった。

『――こちら、トノマチ！　みんな無事《ぶじ》だったかい！』

スマホの向《む》こう側《がわ》からトノマチさんの大声《おおごえ》が響《ひび》いた。

『しっ。トノマチさん、静《しず》かに。レイカさんたちがどんな状況《じょうきょう》かわかりません。近《ちか》くに怪物《かいぶつ》がいることも考《かんが》えられます。問題《もんだい》ないことが確認《かくにん》できるまで、大《おお》きな声《こえ》を出《だ》すのは避《さ》けるべきです』

ひろし君《くん》がトノマチさんに注意《ちゅうい》する声《こえ》も聞《き》こえる。

『なるほど、ひろし君《くん》の言《い》う通《とお》りだね。……無事《ぶじ》かい、みんな』

トノマチさんはひろし君《くん》の忠告《ちゅうこく》を素直《すなお》に受《う》け入《い》れて、小声《こごえ》でそう言《い》い直《なお》した。

ゲンノウさんがスマホに向《む》かって話《はな》す。

「すまない。先《さき》にチャットで、ある程度《ていど》の状況《じょうきょう》を伝《つた》えておくべきだったね。今《いま》、私《わたし》たちの近《ちか》くに青鬼《あおおに》はいない。声《こえ》の音量《おんりょう》を上《あ》げて大丈夫《だいじょうぶ》だ」

『それは良《よ》かった！　チャットではなく、通話《つうわ》をしてきたということは何《なに》かあったのかい？』

トノマチさんの質問《しつもん》には、わたしが答《こた》えることにした。

「実《じつ》は今《いま》、わたしたちは未成《みせい》さんに幻覚《げんかく》を見《み》せられているんです。それで幻《まぼろし》の霧《きり》に囲《かこ》まれてしまって……。どこに何《なに》があるのかわからず、移動《いどう》もできなくなってしまったので、解決方法《かいけつほうほう》を探《さが》しているところです」

『未成君《みせいくん》に幻覚《げんかく》を見《み》せられている？　そんな不思議《ふしぎ》な現象《げんしょう》を体験《たいけん》できるとは、その、なんと、うらやましい――』

『トノマチさん、今《いま》はそんなことを言《い》っている場合《ばあい》ではありません』

『わ、わかっているさ！』

ゲンノウさんのように脱線《だっせん》しかけたトノマチさんだったが、ひろし君《くん》にクギを刺《さ》され、あわてた声色《こわいろ》でそう言《い》った。

スマホの向《む》こうで少《すこ》し物音《ものおと》がして、ひろし君《くん》の声《こえ》が大《おお》きくなる。

『ひろしです。トノマチさんからスマホを受《う》け取《と》りました。みなさんは幻《まぼろし》の霧《きり》によって視界《しかい》が奪《うば》われて、困《こま》っているのですよね？』

わたしは返事《へんじ》をする。

「うん。今《いま》のまま、あてずっぽうに歩《ある》き始《はじ》めたら、壁《かべ》や物《もの》にぶつかっちゃうと思《おも》う」

『そうですか。――でしたら、僕《ぼく》にいい考《かんが》えがあります』

「いい考《かんが》え？」

『ええ。簡単《かんたん》なことです。一昨日《おととい》、僕《ぼく》は学校《がっこう》でレイカさん、スズナさんとゲームをしましたよね？』

ひろし君《くん》は意外《いがい》な話題《わだい》を持《も》ち出《だ》してきた。

「引《ひ》いたトランプの数字《すうじ》の合計《ごうけい》を当《あ》てるゲームよね？　もちろん覚《おぼ》えているわ」

『あのゲームのからくりとほとんど同《おな》じです。幻《まぼろし》のせいで正《ただ》しい景色《けしき》がわからないのであれば、わかる人《ひと》に教《おし》えてもらえばいいのですよ』

そこまで聞《き》いて、わたしはひろし君《くん》の言《い》いたいことを理解《りかい》した。

ひろし君《くん》は結論《けつろん》を告《つ》げる。

『――僕《ぼく》とトノマチさんは幻覚《げんかく》にかかっていません。つまり実際《じっさい》のホテルの様子《ようす》がわかる。ビデオ通話《つうわ》に切《き》り替《か》えて周囲《しゅうい》を映《うつ》してもらえれば、レイカさんたちを誘導《ゆうどう》することができます』

幻覚《げんかく》にかかっていない人間《にんげん》に案内《あんない》をしてもらう。

シンプルだけれど、わたしには思《おも》いつかなかったアイディアだ。

わたしはゲンノウさんと目《め》を合《あ》わせた。

「ゲンノウさん、ビデオ通話《つうわ》に切《き》り替《か》えてもらえますか？」

「承知《しょうち》した。少《すこ》し待《ま》ってくれたまえ」

ゲンノウさんがスマホを操作《そうさ》すると、カメラが起動《きどう》したことを知《し》らせるランプが点灯《てんとう》した。ビデオ通話《つうわ》に切《き》り替《か》わったようだ。

ゲンノウさんはわたしにスマホを差《さ》し出《だ》してくる。

「この端末《たんまつ》は自由《じゆう》に使《つか》うといい。ひろし君《くん》とのやりとりは、レイカ君《くん》のほうがスムーズに進《すす》められそうだ」

「ありがとうございます！」

スマホを受《う》け取《と》ったわたしはさっそく辺《あた》りにカメラを向《む》けた。

わたしの目《め》には真《ま》っ白《しろ》な霧《きり》しか映《うつ》っていないが、ひろし君《くん》たちにはどう見《み》えているのだろうか。

「ひろし君《くん》、映像《えいぞう》は届《とど》いてる？」

『はい。確認《かくにん》できました。……レイカさんたちには、今《いま》も白《しろ》い霧《きり》が見《み》えているんですよね？』

「そうね。白《しろ》い霧《きり》以外《いがい》は何《なに》も見《み》えないわ」

『トノマチさん、この映像《えいぞう》には何《なに》が映《うつ》っているように見《み》えますか？』

『どれどれ……』

ひろし君《くん》はトノマチさんに映像《えいぞう》を見《み》せているらしい。

少《すこ》ししてから、トノマチさんの大《おお》きな声《こえ》が届《とど》く。

『ひろし君《くん》の予想通《よそうどお》りだな！　ワタシにはただのホテルのフロアに見《み》える！』

『僕《ぼく》も同《おな》じです。白《しろ》い霧《きり》はなく、廊下《ろうか》も客室《きゃくしつ》のドアもしっかりと見《み》えています』

スズナちゃんが「やった！」というように、パッと顔《かお》を輝《かがや》かせる。通話《つうわ》を邪魔《じゃま》しないように声《こえ》は出《だ》していないが、とっても嬉《うれ》しそうだ。

「それじゃ、とりあえずこのフロアから脱出《だっしゅつ》できるように案内《あんない》をお願《ねが》いできるかしら？」

『わかりました。そのままカメラを向《む》けた方向《ほうこう》に直進《ちょくしん》してください』

ひろし君《くん》の指示《しじ》に従《したが》って、白《しろ》い霧《きり》の中《なか》を歩《ある》き始《はじ》める。

『そこは廊下《ろうか》が左《ひだり》と右《みぎ》に分《わ》かれています。立《た》ち止《ど》まって左右《さゆう》を見《み》せてください。……右側《みぎがわ》は行《い》き止《ど》まりですね。左《ひだり》に進《すす》みましょう』

そうやってひろし君《くん》とやりとりをしながら、しばらく進《すす》んだ頃《ころ》。

突然《とつぜん》、ひろし君《くん》が黙《だま》りこんだ。

『ふうむ、これは困《こま》っても仕方《しかた》ない！』

トノマチさんの納得《なっとく》したような声《こえ》が聞《き》こえてくる。

『レイカさん。今《いま》、正面《しょうめん》には上下階《じょうげかい》に移動《いどう》できる階段《かいだん》があるのですが、下《した》の階《かい》へおりる階段《かいだん》はたくさんのソファやテーブルが積《つ》み上《あ》げられていて、進《すす》めそうにありません。……これは未成《みせい》さんの仕業《しわざ》でしょう。あなたがたを上《うえ》の階《かい》に誘《さそ》っているようです』

すぐ隣《となり》でゲンノウさんがふっと笑《わら》う。

「私《わたし》たちが幻覚《げんかく》の霧《きり》を突破《とっぱ》するのも、未成《みせい》には読《よ》まれていたというわけか」

『階段《かいだん》をのぼった先《さき》には罠《わな》があるかもしれません。ここは別《べつ》の道《みち》を探《さが》すべきです』

「いや、このまま進《すす》もうじゃないか。未成《みせい》が用意《ようい》した道《みち》にそって進《すす》めば、最短《さいたん》のルートで彼女《かのじょ》に再会《さいかい》できるはずだ」

『それはあまりにも危険《きけん》では――』

「ひろし君《くん》。この場《ば》において危険《きけん》が待《ま》っているということは、新《あたら》しいオカルト現象《げんしょう》が待《ま》っていることと同《おな》じなのだよ！　他人《たにん》を傷《きず》つける危険《きけん》なオカルトにロマンはないが、自分《じぶん》がオカルトで傷《きず》つく分《ぶん》には上等《じょうとう》さ！」

ひろし君《くん》の意見《いけん》はゲンノウさんの楽《たの》しげな声《こえ》にはばまれる。ゲンノウさんに常識的《じょうしきてき》な考《かんが》え方《かた》は通用《つうよう》しない。

予想《よそう》はしていたけれど、かなり相性《あいしょう》が悪《わる》い二人《ふたり》だ。

『……レイカさん。ゲンノウさんを説得《せっとく》してください』

めずらしく困《こま》った様子《ようす》で、ひろし君《くん》がわたしにお願《ねが》いしてくる。

しかし、わたしもゲンノウさんに賛成《さんせい》だった。

「幻《まぼろし》を見《み》ている宿泊客《しゅくはくきゃく》たちに加《くわ》えて、優助《ゆうすけ》やたまちゃんも捕《つか》まってしまったし、早《はや》く未成《みせい》さんのもとにたどり着《つ》けるならそうしたいわ」

『……本気《ほんき》ですか？』

さらにとまどうひろし君《くん》の声《こえ》に、スズナちゃんが苦笑《にがわら》いする。

「レイカちゃんやゲンノウさんがこう言《い》い出《だ》したら止《と》められません。もう慣《な》れました」

そこで一度《いちど》言葉《ことば》を切《き》り、スズナちゃんは言《い》った。

「――だから、私《わたし》はついていきます」

「ボクもレイカたちの判断《はんだん》に従《したが》う」

知香君《ちかくん》も小《ちい》さく微笑《ほほえ》んでそう言《い》ってくれる。

『……わかりました。郷《ごう》に入《い》っては郷《ごう》に従《したが》え、ということわざもありますし、今回《こんかい》はレイカさんたちを信《しん》じます』

スマホ越《ご》しのひろし君《くん》は、しぶしぶといった様子《ようす》でそう答《こた》えた。

「ゴウに入《い》ってはゴウに従《したが》え？」

スズナちゃんが小首《こくび》をかしげる。

「自分《じぶん》の住《す》んでいるところと違《ちが》う場所《ばしょ》に行《い》ったら、そこのやり方《かた》に合《あ》わせたほうがいいって意味《いみ》ね。この場合《ばあい》はひろし君《くん》が調査《ちょうさ》クラブのやり方《かた》に合《あ》わせるってことになるわ」

わたしはスズナちゃんに解説《かいせつ》しながら、ひろし君《くん》の案内《あんない》に従《したが》って階段《かいだん》を一段一段《いちだんいちだん》、ゆっくりとのぼっていく。足《あし》を踏《ふ》み外《はず》したら大変《たいへん》だ。

後《うし》ろから知香君《ちかくん》の声《こえ》が響《ひび》く。

「ここから上《うえ》は客室《きゃくしつ》フロアが続《つづ》くはずだ。ここまで来《こ》られた僕《ぼく》たちの視界《しかい》をこれ以上《いじょう》、白《しろ》い霧《きり》で隠《かく》す意味《いみ》はない。ひろしの言《い》う通《とお》り、何《なん》らかの変化《へんか》は起《お》きるはずだ。注意《ちゅうい》してくれ」

しばらくすると、だんだんと霧《きり》がうすれ始《はじ》めた。

みんなの顔《かお》がよく見《み》えるようになる。

それから数秒《すうびょう》もしないうちに霧《きり》は完全《かんぜん》に消《き》え去《さ》った。

これで幻覚《げんかく》が終《お》わればいいのだけれど……。

そう思《おも》ったわたしだったが——どうやらそれは甘《あま》い考《かんが》えのようだ。

一《ひと》つ上《うえ》の階《かい》に到着《とうちゃく》したわたしたちをむかえたのは、たしかに客室《きゃくしつ》フロアだった。

しかし下《した》の階《かい》とは違《ちが》って、非常《ひじょう》におどろおどろしい雰囲気《ふんいき》がただよっている。

高級《こうきゅう》そうな壁紙《かべがみ》は色《いろ》あせていて、ところどころはがれ落《お》ちていた。カーペットは黒《くろ》ずみ、照明《しょうめい》はうす暗《ぐら》く、たまにチカチカと点滅《てんめつ》している。

ひんやりと冷《つめ》たい空気《くうき》が流《なが》れていて、まるでお化《ば》け屋敷《やしき》のようだ。

「こ、怖《こわ》いです……っ。この内装《ないそう》も幻覚《げんかく》でしょうか？」

スズナちゃんがぶるっと震《ふる》えた。

わたしは元《もと》からオカルトが好《す》きなので、こういう光景《こうけい》はむしろワクワクするけれど、スズナちゃんの顔《かお》はひどく青《あお》ざめている。

スマホからひろし君《くん》の声《こえ》がした。

『下《した》の階《かい》と同《おな》じで僕《ぼく》には普通《ふつう》のフロアに見《み》えます。トノマチさんも同《おな》じようですね』

「ならこれも未成《みせい》さんの幻《まぼろし》で確定《かくてい》ね。視界《しかい》に問題《もんだい》はなさそうだし、ひとまず案内《あんない》はここまでで良《よ》さそう。ありがとう、ひろし君《くん》。あとでまたかけるわ」

『はい。助《たす》けが必要《ひつよう》な場合《ばあい》はおっしゃってください』

そうして、わたしはひろし君《くん》との通話《つうわ》を切《き》る。

ずっとつなげっ放《ぱな》しにしておくことも可能《かのう》ではあるが、いざという時《とき》にスマホの充電《じゅうでん》がなくなってしまった、というようなトラブルは避《さ》けたかった。

わたしは目《め》の前《まえ》の幻覚《げんかく》に視線《しせん》を戻《もど》す。

こうやって幻覚《げんかく》を見《み》せられる能力自体《のうりょくじたい》は面白《おもしろ》いと思《おも》う。

自分自身《じぶんじしん》にも幻覚《げんかく》を見《み》せることが可能《かのう》なら、いろいろな空想《くうそう》の世界《せかい》を楽《たの》しむことだってできるはずだ。

……未成《みせい》さんもそういう使《つか》い方《かた》をしてくれればいいのだけど。

彼女《かのじょ》はゲンノウさんを仲間《なかま》にし、青鬼《あおおに》を使《つか》って、人間《にんげん》を蹴散《けち》らすと言《い》った。

未成《みせい》さんはなぜ、そんなことを考《かんが》えるようになったのだろうか。

そしてなぜ、ゲンノウさんを仲間《なかま》にすることにこだわっているのだろう。

そんなふうに、少《すこ》し考《かんが》えごとをしながら歩《ある》いていた時《とき》だった。

ゔぁあああああああっ!!

突然《とつぜん》、後《うし》ろから低音《ていおん》の叫《さけ》び声《ごえ》が聞《き》こえた。

びっくりして振《ふ》り返《かえ》ると――そこには真《ま》っ白《しろ》な顔《かお》をした血《ち》まみれの大人《おとな》たちがふらふらと立《た》っていた。

「ひぃぃ!!　お化《ば》けが出《で》ましたぁぁぁっ!!」

スズナちゃんが絶叫《ぜっきょう》する。

血《ち》まみれの大人《おとな》たちは男女合《だんじょあ》わせて十人以上《じゅうにんいじょう》いた。服装《ふくそう》はやけにオシャレだ。ホテルの宿泊客《しゅくはくきゃく》を幻覚《げんかく》のベースにしているのだろう。

「ほう！　心霊専門《しんれいせんもん》のトノマチ君《くん》が見《み》たら喜《よろこ》びそうだな！　レイカ君《くん》、近《ちか》くで見《み》てきてもいいかね!?」

「ダメです」

「なぜだ!?」

わたしは冷静《れいせい》にゲンノウさんを止《と》め、血《ち》まみれの大人《おとな》たちに目《め》を向《む》ける。

「……あれが罠《わな》であると、ゲンノウさんもわかっているでしょう？」

未成《みせい》さんはゲンノウさんの親友《しんゆう》。

ということは、どうしたらゲンノウさんの興味《きょうみ》を引《ひ》けるのかもわかっているはずだ。

ゲンノウさんが血《ち》まみれの大人《おとな》たちに近寄《ちかよ》った瞬間《しゅんかん》、あの支配人《しはいにん》青鬼《あおおに》か何《なに》かが現《あらわ》れる……みたいな展開《てんかい》が簡単《かんたん》に想像《そうぞう》できた。

「はぁ……。やはり未成《みせい》と和解《わかい》するほうが先《さき》か。未成《みせい》が《王種《おうしゅ》》の力《ちから》を悪用《あくよう》しないと約束《やくそく》してくれれば、思《おも》う存分《ぞんぶん》、この幻覚《げんかく》を楽《たの》しめるのだが……」

ゲンノウさんはため息混《いきま》じりにぼやく。

それと同時《どうじ》、血《ち》まみれの大人《おとな》たちに動《うご》きがあった。

ゔぁあああああああああっ!!

ゲンノウさんがつられないとわかったからか、血《ち》まみれの大人《おとな》たちがいっせいにこちらに向《む》かってきたのだ。

「追《お》いつかれるぞ！　走《はし》れ！」

知香君《ちかくん》にうながされ、わたしたちは走《はし》り出《だ》す。

「お化《ば》けは嫌《きら》いですぅぅっ！」

そう叫《さけ》んだスズナちゃんは半分《はんぶん》泣《な》いていた。とてもふびんだ。

両手《りょうて》を前《まえ》に突《つ》き出《だ》した血《ち》まみれの大人《おとな》たちはどこまでも追《お》ってくるが、その足取《あしど》りはおぼつかない。おかげで追《お》いつかれることはなかった。

そうして大人《おとな》たちをだいぶ引《ひ》き離《はな》し、少《すこ》し気《き》を抜《ぬ》いた時《とき》だ。

後方《こうほう》の大人《おとな》たちの身体《からだ》が突然《とつぜん》、ぶちぶちと不快《ふかい》な音《おと》を立《た》てて変形《へんけい》し始《はじ》めた。

元《もと》の二倍《にばい》以上《いじょう》の背丈《せたけ》になり、大《おお》きくふくらんだ顔《かお》の輪郭《りんかく》がデコボコになった時点《じてん》で、どんな姿《すがた》に変化《へんか》するのかわかる。

そして予想通《よそうどお》り、肌《はだ》が真《ま》っ白《しろ》な色《いろ》からブルーベリー色《いろ》へと変《か》わっていった。

ぶぉおおおおおおっ!!


血《ち》まみれの大人《おとな》たちは——青鬼《あおおに》へと変身《へんしん》した。

一瞬《いっしゅん》のうちに、たくさんの青鬼《あおおに》たちが追《お》いかけてくるおぞましい光景《こうけい》が生《う》まれた。

しかし、ホテルの廊下《ろうか》の横幅《よこはば》は、十体以上《じったいいじょう》の青鬼《あおおに》が同時《どうじ》に走《はし》れるほど広《ひろ》くない。

わたしの後《うし》ろで青鬼《あおおに》たちがお互《たが》いにぎゅうぎゅうと押《お》し合《あ》い、どんどん速度《そくど》を落《お》としていく。

まるで満員電車《まんいんでんしゃ》の中《なか》のようだった。

わたしたちは突《つ》き当《あ》たりを右《みぎ》に曲《ま》がる。青鬼《あおおに》たちはいっせいに突《つ》き当《あ》たりへと進入《しんにゅう》したことで完全《かんぜん》に詰《つ》まってしまい、団子《だんご》になって動《うご》かなくなった。

そのまましばらく走《はし》り続《つづ》けると、エレベーターホールへとたどり着《つ》く。もう青鬼《あおおに》たちは追《お》ってきていなかった。

……さっきのは、相手《あいて》が自滅《じめつ》しただけだろうか。

それともインパクトのある光景《こうけい》を見《み》せることで——この場所《ばしょ》にわたしたちが逃《に》げこむように誘《ゆう》導《どう》したのだろうか。

天井《てんじょう》の照明《しょうめい》が消《き》えかかっている。
二基《にき》のエレベーターが設置《せっち》されたホール。
そこには淡《あわ》く輝《かがや》く、半透明《はんとうめい》な人影《ひとかげ》が立《た》っていた。
「遅《おそ》かったね。魔尾町《まおまち》くん」
その人影《ひとかげ》は幻《まぼろし》だ。
——幻《まぼろし》の未成《みせい》さんが、青鬼《あおおに》も連《つ》れずに一人《ひとり》でわたしたちを待《ま》っていた。

10　魔《ま》を待《ま》ち、現《げん》実《じつ》に悩《なや》む

幻《まぼろし》の未成《みせい》さんを前《まえ》にして、ゲンノウさんが一歩足《いっぽあし》を踏《ふ》み出《だ》す。

「未成《みせい》、君《きみ》の幻覚《げんかく》の素晴《すば》らしさはよくわかった。その力《ちから》を使《つか》えば、皆《みな》が非日常《ひにちじょう》な空間《くうかん》を楽《たの》しめるようになる。そろそろ目《め》を覚《さ》ましたまえ。オカルトは誰《だれ》かを傷《きず》つけるためのものじゃない」

「魔尾町《まおまち》くん、あなたこそ目《め》を覚《さ》ましてよ。今《いま》のあなたは、かつて私《わたし》を『救《すく》ってくれた』あなたじゃない」

未成《みせい》さんは正面《しょうめん》からゲンノウさんをにらむ。

「救《すく》ってくれた？」

未成《みせい》さんの言葉《ことば》に引《ひ》っかかったわたしはそう繰《く》り返《かえ》す。ゲンノウさんは少《すこ》し遠《とお》い目《め》をして、小《ち》さく笑《わら》った。

「……彼女《かのじょ》がそう思《おも》っているだけさ」

パチンッ、と未成《みせい》さんが指《ゆび》を鳴《な》らす。

すると、新《あら》たな幻《まぼろし》が出現《しゅつげん》した。

一人《ひとり》の男《おとこ》の人《ひと》が長机《ながづくえ》に両《りょう》ひじをつき、何《なに》か悩《なや》んでいるようにうなだれている。

男《おとこ》の人《ひと》は真《ま》っ白《しろ》な姿《すがた》でシルエットだけが浮《う》かび上《あ》がっていた。顔立《かおだ》ちや表情《ひょうじょう》はわからない。

『――どうして誰《だれ》も理解《りかい》してくれないのだ！　オカルトはこの世界《せかい》で一番《いちばん》ロマンのあるものなんだ！　オカルトより魅力的《みりょくてき》なものなどこの世《よ》に存在《そんざい》しない。現実《げんじつ》も、人間《にんげん》も、つまらない。ロマンを否定《ひてい》するだけの存在《そんざい》は、すべて消《き》えてしまえばいい！』

手《て》で机《つくえ》を叩《たた》き、男《おとこ》の人《ひと》が強《つよ》く叫《さけ》んだ。

わたしはその声《こえ》を聞《き》いて、目《め》の前《まえ》の幻《まぼろし》の正体《しょうたい》に気《き》づく。

かなり若々《わかわか》しいが、男《おとこ》の人《ひと》の声《こえ》は――ゲンノウさんのものだった。

あの幻《まぼろし》は若《わか》い頃《ころ》のゲンノウさんのようだ。

年齢《ねんれい》は……二十代前半《にじゅうだいぜんはん》くらいだろうか。

本物《ほんもの》のゲンノウさんは自分《じぶん》の過去《かこ》の幻影《げんえい》を黙《だま》って見《み》つめる。

場面《ばめん》が切《き》り替《か》わるように、幻《まぼろし》が形《かたち》を変《か》えていく。

『君《きみ》も一人《ひとり》か。ハハ、私《わたし》と同《おな》じだな』

幻《まぼろし》は長机《ながづくえ》に二人《ふたり》の人影《ひとかげ》が並《なら》んだものに変《か》わった。

『だが私《わたし》と違《ちが》って、君《きみ》には他人《たにん》から距離《きょり》を取《と》られる理由《りゆう》がないように見《み》えるが？』

片方《かたほう》の人影《ひとかげ》からはさっきと同《おな》じくゲンノウさんの声《こえ》がした。

『……単純《たんじゅん》に、人付《ひとづ》き合《あ》いが苦手《にがて》なんです。相手《あいて》が何《なに》を考《かんが》えているのかわからないのが、怖《こわ》い。それで緊張《きんちょう》して、上手《うま》く話《はな》せなくて……みんなの会話《かいわ》に交《ま》ざれなくて。ずっと一人《ひとり》で、さびしいです』

そう話《はな》したもう一人《ひとり》の人影《ひとかげ》は女性《じょせい》。

声《こえ》からすると――たぶん未成《みせい》さんだ。

二人《ふたり》が出会《であ》ったのは大学生《だいがくせい》の時《とき》だと聞《き》いた。

だとすると、これは二人《ふたり》の大学時代《だいがくじだい》のやりとりなのかもしれない。

『しかし、私相手《わたしあいて》には問題《もんだい》なく話《はな》せているじゃないか』

過去《かこ》のゲンノウさんは不思議《ふしぎ》そうにたずねる。

過去《かこ》の未成《みせい》さんはくすりと笑《わら》った。

『それはあなたが「オカルトのことしか考《かんが》えていない」ってわかるからですね、きっと』

場面《ばめん》が切《き》り替《か》わるように、幻《まぼろし》が形《かたち》を変《か》えていく。

『全然《ぜんぜん》、友《とも》だちできないなぁ』

『人間《にんげん》と仲良《なかよ》くなることが難《むずか》しいなら、君《きみ》もオカルトを好《す》きになってみないか？』

落《お》ちこんだ様子《ようす》の未成《みせい》さんに、過去《かこ》のゲンノウさんが話《はな》しかける。未成《みせい》さんの口調《くちょう》はフランクなものに変《か》わっていた。

『オカルトを？』

『何《なに》か夢中《むちゅう》になれるものを見《み》つければ、少《すこ》しは気《き》がまぎれるだろう。周囲《しゅうい》の人間《にんげん》からは理解《りかい》を得《え》られないだろうが、少《すく》なくとも私《わたし》とは友人《ゆうじん》になることもできる』

未成《みせい》さんは少《すこ》し考《かんが》えてからつぶやいた。

『それじゃ……教《おし》えてもらおうかな』

場面《ばめん》が切《き》り替《か》わるように、幻《まぼろし》が形《かたち》を変《か》えていく。

『オカルト研究《けんきゅう》を行《おこな》う際《さい》のペンネームを考《かんが》えてみたんだ』

今度《こんど》は二人《ふたり》が立《た》って話《はな》している。

『どんな名前《なまえ》なの？』

『――魔尾町現悩《まおまちげんのう》。どうかね？』

『まおまちげんのう……なんで、そんな難《むずか》しそうなペンネームに？』

過去《かこ》のゲンノウさんはさびしそうに、ふっと鼻《はな》を鳴《な》らした。

『これはただの当《あ》て字《じ》だよ。オカルトを「魔《ま》」と表現《ひょうげん》して――「魔《ま》を待《ま》ち、現実《げんじつ》に悩《なや》む」。そんな今《いま》の私《わたし》を表《あらわ》した名前《なまえ》だ』

そうして過去《かこ》のゲンノウさんの声色《こわいろ》が真剣《しんけん》なものになる。

『周囲《しゅうい》の人間《にんげん》がオカルトの魅力《みりょく》を理解《りかい》してくれないと悩《なや》み、ふてくされて何《なに》も行動《こうどう》を起《お》こさず、オカルトが何《なに》かを変《か》えてくれるのをぼんやりと待《ま》っている。こんな情《なさ》けない自分《じぶん》がいたことを忘《わす》れないように、そしていつか笑《わら》えるように、私《わたし》は自分《じぶん》にこの名前《なまえ》をつけることにした。私《わたし》はもう周《まわ》りのことは考《かんが》えない。自分《じぶん》の大好《だいす》きなオカルトのことだけを考《かんが》えて、積極的《せっきょくてき》に行動《こうどう》することにするよ』

幻《まぼろし》による過去《かこ》の再現《さいげん》が終《お》わる。

エレベーターホールには調査《ちょうさ》クラブと、現在《げんざい》の未成《みせい》さんの半透明《はんとうめい》な幻《まぼろし》だけが残《のこ》った。

「むずがゆい過去《かこ》だ」

現実《げんじつ》のゲンノウさんは苦笑《くしょう》する。

「大学時代《だいがくじだい》、私《わたし》は周囲《しゅうい》にオカルトの素晴《すば》らしさを理解《りかい》してもらえず、その怒《いか》りに任《まか》せて、現実《げんじつ》も人間《にんげん》も消《き》えてしまえばいいと口《くち》にした。未熟《みじゅく》な考《かんが》えだったよ」

半透明《はんとうめい》の未成《みせい》さんはゲンノウさんをまっすぐ見《み》つめて言《い》う。

「未熟《みじゅく》じゃない。昔《むかし》の魔尾町《まおまち》くんは輝《かがや》いてた。友《とも》だちができない私《わたし》にオカルトの面白《おもしろ》さを教《おし》えてくれて、それから私《わたし》の人生《じんせい》は楽《たの》しくなった。——魔尾町《まおまち》くんは私《わたし》を救《すく》ってくれた。輝《かがや》かしい人生《じんせい》を与《あた》えてくれた。だから、私《わたし》はあの頃《ころ》から魔尾町《まおまち》くんの願《ねが》いをずっと叶《かな》えたいと思《おも》っていたの。現実《げんじつ》も人間《にんげん》も消《け》して、魔尾町《まおまち》くんが笑顔《えがお》になるのを見《み》たかった。親友《しんゆう》として」

未成《みせい》さんの言葉《ことば》を聞《き》いたゲンノウさんの表情《ひょうじょう》を見《み》て、わたしははっと息《いき》をのむ。

ゲンノウさんは涙《なみだ》で瞳《ひとみ》をうるませて、泣《な》くのを我慢《がまん》するようにほおをゆがませていた。

「未成《みせい》、そんなのは親友《しんゆう》の関係性《かんけいせい》とは言《い》えない。私《わたし》はそんなゆがんだ恩返《おんがえ》しを望《のぞ》んではいないんだよ。与《あた》えた者《もの》と与《あた》えられた者《もの》という上下関係《じょうげかんけい》ではなく、ただ対等《たいとう》にオカルトの話《はなし》で盛《も》り上《あ》がる。そんな存在《そんざい》でいてくれれば、私《わたし》はじゅうぶん幸《しあわ》せだったんだ」

ゲンノウさんの悲《かな》しみは理解《りかい》できた。

仲良《なかよ》くするのにしっかりした理由《りゆう》なんて必要《ひつよう》ないのだ。
ただ一緒《いっしょ》にいると楽《たの》しいから、でいい。
あなたに恩《おん》があるから一緒《いっしょ》にいるんです、と言《い》われたら悲《かな》しい。

だから、ゲンノウさんは泣《な》きそうになっている。

しかし未成《みせい》さんはゲンノウさんのその姿《すがた》を見《み》ても変《か》わらなかった。

「魔尾町《まおまち》くん。今《いま》は悲《かな》しく思《おも》うかもしれないけど、私《わたし》の仲間《なかま》になればきっと笑顔《えがお》になれるよ。魔《ま》尾町《おまち》くんのために人間《にんげん》を蹴散《けち》らして、現実《げんじつ》を、世界《せかい》を壊《こわ》してあげる」

……未成《みせい》さんが見《み》ているのは、自分《じぶん》を救《すく》ってくれた過去《かこ》のゲンノウさんだけだ。

長《なが》い年月《ねんげつ》、ゲンノウさんの古《ふる》い願《ねが》いを叶《かな》えることだけを考《かんが》え続《つづ》けてきた彼女《かのじょ》に、今《いま》のゲンノウさんの思《おも》いは届《とど》かない。

「未成《みせい》、君《きみ》の考《かんが》えはわかった」

ゲンノウさんの力強《ちからづよ》い声《こえ》が耳《みみ》に届《とど》く。

見《み》ると、ゲンノウさんはすでに悲《かな》しそうな表情《ひょうじょう》をやめており、口元《くちもと》にはわずかな笑《え》みすら浮《う》かべていた。

「過去《かこ》の私《わたし》の妄言《もうげん》がすべての元凶《げんきょう》だというのなら――」

そこまで口《くち》にしたゲンノウさんはふだんのように、へらっと笑《わら》って、

「今《いま》の私《わたし》が責任《せきにん》をもって決着《けっちゃく》をつけるしかないな」

覚悟《かくご》を決《き》めた目《め》で宣言《せんげん》した。

「二人《ふたり》で話《はなし》がしたい。場合《ばあい》によっては仲間《なかま》になることも考《かんが》えよう。未成《みせい》、どこに行《い》けば君《きみ》に会《あ》える？」

「魔尾町《まおまち》くん、ようやくわかってくれたんだね。今《いま》、エレベーターを送《おく》るからそれに乗《の》って。じゃあ、待《ま》ってるから」

半透明《はんとうめい》の未成《みせい》さんは満足《まんぞく》げな笑《え》みを浮《う》かべると、すっと消《き》えた。

スズナちゃんが不安《ふあん》そうな表情《ひょうじょう》でゲンノウさんに詰《つ》め寄《よ》る。

「仲間《なかま》になることも考《かんが》えるって……本当《ほんとう》ですか？」

ゲンノウさんはふっと息《いき》をもらして、首《くび》をふるふると横《よこ》に振《ふ》った。

「まさか。そう言《い》わないと未成《みせい》とじっくり話《はな》せないだろう？　——直接会《ちょくせつあ》って未成《みせい》を説得《せっとく》する。目《め》がくもってしまった親友《しんゆう》を救《すく》わなければ。皮肉《ひにく》なことだよ。『幻覚《げんかく》の王《おう》』が誰《だれ》よりも強《つよ》く、過《か》去《こ》の私《わたし》という幻《まぼろし》にとらわれているなんて」

「だが一人《ひとり》で行《い》くのは危険《きけん》だ。ボクたちもついていったほうがいい」

知香君《ちかくん》は心配《しんぱい》そうにそう言《い》った。

二《ふた》つあるエレベーターのうちの一《ひと》つが動《うご》き出《だ》し、階数表示《かいすうひょうじ》を示《しめ》すランプが上階《じょうかい》の位置《いち》から下《さ》がってくる。

ゲンノウさんはそれを横目《よこめ》で見《み》ながらつぶやいた。

「――はたして、未成《みせい》が君《きみ》たちの同行《どうこう》を許《ゆる》すかな？」

チンと音《おと》が鳴《な》り、エレベーターの扉《とびら》が開《ひら》く。

その向《む》こうからスーツを着《き》た大《おお》きな巨体《きょたい》が現《あらわ》れた。支配人青鬼《しはいにんあおおに》だ。

エレベーターから出《で》てきた支配人青鬼《しはいにんあおおに》は扉《とびら》をふさぐように立《た》つ。そしてゲンノウさんとだけ目《め》を合《あ》わせると、すっと右手《みぎて》でエレベーターを示《しめ》した。

「通《とお》してもらえるのは私《わたし》だけ、ということのようだね」

ゲンノウさんはわかっていたというふうに、特《とく》に驚《おどろ》きもせず、支配人青鬼《しはいにんあおおに》のもとへと向《む》かっていく。

支配人青鬼《しはいにんあおおに》は近《ちか》づいてきたゲンノウさんに視線《しせん》を向《む》けるだけで、襲《おそ》いかかる気配《けはい》はなかった。

「ふむ。おとなしい青鬼《あおおに》に会《あ》える機会《きかい》はそうそうないからね。少《すこ》し触《さわ》っておこう」

ゲンノウさんはそう言《い》って、支配人青鬼《しはいにんあおおに》の身体《からだ》をスーツの上《うえ》からぺたぺたと触《さわ》る。

「見《み》た目通《めどお》り、筋肉《きんにく》がかなり多《おお》いな。もっと詳《くわ》しく調《しら》べて……いや、未成《みせい》のところへ行《い》くのが先《さき》だな」

オカルトスイッチが入《はい》りかけたゲンノウさんだったが、途中《とちゅう》で思《おも》い直《なお》したようで、支配人青鬼《しはいにんあおおに》の横《よこ》を抜《ぬ》けてエレベーターに乗《の》りこむ。

「ゲンノウさん、やっぱりわたしも一緒《いっしょ》に――」

そうやってわたしが身《み》を乗《の》り出《だ》すと、

ドンッ!!


支配人青鬼《しはいにんあおおに》が両手《りょうて》を握《にぎ》りしめて床《ゆか》を力強《ちからづよ》く叩《たた》いた。

足元《あしもと》が激《はげ》しく揺《ゆ》れる。

これは「来《く》るな」という警告《けいこく》だろう。

「レイカ君《くん》、こちらは私《わたし》だけで大丈夫《だいじょうぶ》さ。君《きみ》は他《ほか》の皆《みな》を守《まも》ることを考《かんが》えてくれ。未成《みせい》が君《きみ》たちの安全《あんぜん》を保証《ほしょう》していないのが気《き》がかりだからね」

エレベーターに乗《の》って、振《ふ》り返《かえ》ったゲンノウさんはそう言《い》った。

しかし未成《みせい》さん――いや、《王種《おうしゅ》》と一対一《いちたいいち》になって、ゲンノウさんが無事《ぶじ》でいられるかはわからない。

天文台《てんもんだい》でソルの仲間《なかま》になることを選《えら》んだわたしのように、ゲンノウさんがこのままいなくなってしまう可能性《かのうせい》だって考《かんが》えられる。

そんなの、絶対《ぜったい》に嫌《いや》だった。

正直《しょうじき》、出会《であ》ったばかりの頃《ころ》は、あまりゲンノウさんのことは好《す》きじゃなかった。

でもそれからいろいろな出来事《できごと》をともに乗《の》り越《こ》えてきた。今《いま》ではもう大切《たいせつ》な仲間《なかま》だ。

仲間《なかま》を一人《ひとり》で危険《きけん》な場所《ばしょ》に送《おく》り出《だ》すなんて、できない。

「知香君《ちかくん》！」

わたしはバッと知香君《ちかくん》のほうを向《む》く。

真剣《しんけん》な表情《ひょうじょう》で、わたしは言《い》った。

「足止《あしど》めをお願《ねが》い」

その短《みじか》い言葉《ことば》だけで、知香君《ちかくん》はすべてを理解《りかい》してくれたようだった。

「仕方《しかた》ないな」

小《ちい》さく笑《わら》い、ダッと勢《いきお》いよく走《はし》り出《だ》した知香君《ちかくん》は支配人青鬼《しはいにんあおおに》に向《む》かって突《つ》っこんでいく。


ぶぉおおおおおっ！

支配人青鬼《しはいにんあおおに》の注意《ちゅうい》が知香君《ちかくん》に集中《しゅうちゅう》する。

ブルーベリー色《いろ》の大《おお》きな両手《りょうて》が知香君《ちかくん》をつかむために伸《の》ばされる。

――そこに一瞬《いっしゅん》のスキが生《う》まれた。

わたしは全力《ぜんりょく》で床《ゆか》を蹴《け》り、知香君《ちかくん》と支配人青鬼《しはいにんあおおに》の横《よこ》を駆《か》け抜《ぬ》ける。そして扉《とびら》が閉《し》まりかけていたエレベーターに身体《からだ》をねじこんだ。

ゲンノウさんは驚《おどろ》いた表情《ひょうじょう》でこちらを見《み》ている。

「スズナちゃんも来《き》て！」

『開《ひらく》』ボタンを押《お》して、エレベーターホールに残《のこ》っているスズナちゃんに声《こえ》をかけるが、スズナちゃんはぶんぶんと首《くび》を横《よこ》に振《ふ》り、真剣《しんけん》な目《め》つきでわたしを見《み》た。

「私《わたし》はここに残《のこ》ります！　知香君《ちかくん》を一人《ひとり》にはできませんから！」

知香君《ちかくん》は支配人青鬼《しはいにんあおおに》の両手《りょうて》からなんとか逃《に》げ続《つづ》けていたが、いらだった様子《ようす》の支配人青鬼《しはいにんあおおに》がぶんと振《ふ》った腕《うで》を避《よ》けられず、弾《はじ》き飛《と》ばされて床《ゆか》に転《ころ》がってしまう。

「くっ……」

「大丈夫《だいじょうぶ》です、知香君《ちかくん》。私《わたし》がサポートします」

スズナちゃんは転《ころ》がった知香君《ちかくん》をすぐに起《お》こし、そう声《こえ》をかける。

「早《はや》く行《い》ってください！　レイカちゃん！」

「わかったわ！」

スズナちゃんに言《い》われて、わたしは『閉《とじる》』ボタンを押《お》した。

知香君《ちかくん》から意識《いしき》がそれた支配人青鬼《しはいにんあおおに》は、エレベーターに乗《の》りこんだわたしにようやく気《き》づいたようだ。

あせったようにこちらへ早足《はやあし》で近《ちか》づいてくるが、扉《とびら》が閉《し》まるほうがわずかに早《はや》い。

「――レイカちゃん！　ゲンノウさんをお願《ねが》いしますね！」

スズナちゃんの声《こえ》とともに扉《とびら》は完全《かんぜん》に閉《と》じ、その直後《ちょくご》にエレベーターは上昇《じょうしょう》を始《はじ》めた。

11 屋上階《おくじょうかい》の大決戦《だいけっせん》

「ここまでついてくるなんて、レイカ君《くん》もずいぶんな物好《ものず》きだ」

上昇《じょうしょう》していくエレベーターの中《なか》は静《しず》かで、ゲンノウさんの声《こえ》がよく響《ひび》いた。

わたしとゲンノウさんは扉《とびら》に向《む》かって横並《よこなら》びになり、正面《しょうめん》を向《む》いたまま、会話《かいわ》を続《つづ》ける。

「今《いま》の未成《みせい》さんはただの人間《にんげん》じゃなく《王種《おうしゅ》》です。一人《ひとり》で立《た》ち向《む》かうのは危険《きけん》ですから」

ゲンノウさんは息《いき》をはき、目《め》を閉《と》じる。

「そうかもしれないな。私《わたし》としては話《はな》し合《あ》いでどうにか未成《みせい》の目《め》を覚《さ》まさせたいが、戦《たたか》いになる可能性《かのうせい》もある。そうなれば、私《わたし》は無力《むりょく》だ」

静《しず》かな空気《くうき》がわたしたちの間《あいだ》に流《なが》れた。

現在《げんざい》の階数《かいすう》を表示《ひょうじ》するディスプレイに映《うつ》し出《だ》される数字《すうじ》はどんどん大《おお》きくなっていき、そしてついに「R《アール》」という文字《もじ》になった。「R《アール》」は屋上階《おくじょうかい》を表《あらわ》す表記《ひょうき》だ。

扉《とびら》が開《ひら》く。目《め》の前《まえ》には一本《いっぽん》の簡素《かんそ》な通路《つうろ》が現《あらわ》れた。屋上階《おくじょうかい》と言《い》ってもいきなり外《そと》、というわけではないらしい。

今《いま》までの豪華《ごうか》なイメージとは違《ちが》う、地味《じみ》なコンクリートの壁《かべ》や床《ゆか》を見《み》て、ここは従業員専用《じゅうぎょういんせんよう》のフロアなのだと理解《りかい》する。

通路《つうろ》はまっすぐ続《つづ》いていて、その先《さき》には重《おも》そうな鉄《てつ》の扉《とびら》があった。

おそらくあの扉《とびら》の向《む》こうは外《そと》。いわゆる屋上部分《おくじょうぶぶん》になっているはずだ。

わたしとゲンノウさんは会話《かいわ》せず、ただ通路《つうろ》を進《すす》んでいく。

屋上《おくじょう》に出《で》てしまえば、もう逃《に》げ場《ば》はない。

今回《こんかい》の騒動《そうどう》はここで決着《けっちゃく》がつくはずだ。

通路《つうろ》の突《つ》き当《あ》たりにある鉄《てつ》の扉《とびら》に、ゲンノウさんが手《て》をかけた。

「では、良《よ》い結果《けっか》になることを願《ねが》おうか」

ゲンノウさんは静《しず》かに笑《わら》い、そして扉《とびら》を押《お》し開《あ》けた。

夜《よる》の風《かぜ》が吹《ふ》きこんできて、わたしは目《め》をつむってしまう。

再《ふたた》び目《め》を開《あ》けると、正面《しょうめん》には予想通《よそうどお》りホテルの屋上《おくじょう》が広《ひろ》がっていた。

前《まえ》に北部小学校《ほくぶしょうがっこう》の屋上《おくじょう》にも行《い》ったことがあるが、それよりも広《ひろ》い。周囲《しゅうい》は背《せ》の高《たか》いフェンスに囲《かこ》まれていて、足《あし》を踏《ふ》み外《はず》して転落《てんらく》することはなさそうだ。

「待《ま》ってたよ、魔尾町《まおまち》くん。……レイカちゃんも来《き》たんだ」

屋上《おくじょう》の中央《ちゅうおう》に立《た》っていたのは、『幻覚《げんかく》の王《おう》』——オカルト研究家《けんきゅうか》、遠夢未成《とおゆめみせい》。

ゲンノウさんの親友《しんゆう》であり、青鬼《あおおに》の《王種《おうしゅ》》の一人《ひとり》。

そして、彼女《かのじょ》の近《ちか》くの床《ゆか》には。

「優助《ゆうすけ》ッ！　たまちゃんッ！」

縄《なわ》でぐるぐると縛《しば》られた優助《ゆうすけ》が座《すわ》らされていた。その横《よこ》には小《ちい》さなペット用《よう》のケージが置《お》いてあり、たまちゃんが閉《と》じこめられている。

優助《ゆうすけ》とたまちゃんを見張《みは》るように、三体《さんたい》のはんぺん青鬼《あおおに》が彼《かれ》らのことを取《と》り囲《かこ》んでいた。

「俺《おれ》もたまちゃんも無事《ぶじ》だ！　心配《しんぱい》しなくていい！」

優助《ゆうすけ》が大声《おおごえ》でそう言《い》った。たまちゃんもケージの中《なか》からこちらに笑顔《えがお》を向《む》けてくれる。周《まわ》りのはんぺん青鬼《あおおに》たちは監視《かんし》を命《めい》じられているだけのようで、二人《ふたり》を傷《きず》つける様子《ようす》はない。

「それで答《こた》えは決《き》まった？　魔尾町《まおまち》くん」

未成《みせい》さんは月《つき》と町《まち》の明《あ》かりに照《て》らされて、とてもきれいだった。

でも、その瞳《ひとみ》は恐《おそ》ろしい。彼女《かのじょ》は目《め》の前《まえ》にいるゲンノウさんを見《み》ておらず、どこか遠《とお》く、過去《かこ》のゲンノウさんを見《み》ているようにぼうっとしていた。

そんな彼女《かのじょ》に向《む》けて、ゲンノウさんははっきりとした口調《くちょう》で告《つ》げる。

「もちろんだ。――私《わたし》の答《こた》えは変《か》わらない。未成《みせい》、君《きみ》は間違《まちが》っている」

ゲンノウさんはさらに続《つづ》けた。

「昔《むかし》の私《わたし》は……他人《たにん》にオカルトを受《う》け入《い》れてもらえず、こんな現実《げんじつ》など消《け》してしまえばいいと言《い》った。そして未成《みせい》はあの日《ひ》の私《わたし》の願《ねが》いを叶《かな》えようとしている。だがその願《ねが》い自体《じたい》が大《おお》きく間違《まちが》っていたのだよ。どこが間違《まちが》っているのかわかるかい？」

未成《みせい》さんは黙《だま》ったまま、ゲンノウさんの話《はなし》を聞《き》いていた。わたしも優助《ゆうすけ》たちも、ゲンノウさんの言葉《ことば》に耳《みみ》をかたむける。

「――他人《たにん》にオカルトの素晴《すば》らしさを理解《りかい》させる。そのことにこだわりすぎていた点《てん》だよ。そもそも、他人《たにん》に理解《りかい》される必要《ひつよう》などない。自分《じぶん》が好《す》きなものは、自分《じぶん》がちゃんと好《す》きでいるだけでいい！」

ゲンノウさんの声《こえ》が藍色《あいいろ》の空《そら》に響《ひび》く。

「それにもっと広《ひろ》く周囲《しゅうい》を見渡《みわた》せば、オカルト好《ず》きの人間《にんげん》はいくらでもいた。トノマチ君《くん》のような、今日《きょう》のパーティーに集《あつ》まっていた研究家《けんきゅうか》たちもそうだし、青鬼《あおおに》に関《かん》してはレイカ君《くん》という心《こころ》強《づよ》い同志《どうし》も得《え》た。大学生《だいがくせい》の頃《ころ》の私《わたし》はまだ若《わか》くて、その事実《じじつ》に気《き》づけていなかっただけだ」

自分《じぶん》の好《す》きなものを、周《まわ》りにも好《す》きになってもらいたい。

そういう気持《きも》ちは誰《だれ》にだってあると思《おも》う。

でも、みんなが同《おな》じものを好《す》きになれるわけじゃない。

特《とく》にオカルトは苦手《にがて》な人《ひと》だって多《おお》いはずだ。

だからわたしも、今年《ことし》の夏《なつ》までは一人《ひとり》でオカルトを楽《たの》しんでいた。

大学生《だいがくせい》の頃《ころ》のゲンノウさんはそれでもあきらめずに、オカルトを周囲《しゅうい》に広《ひろ》めようとしたのだろう。そして失敗《しっぱい》し、周囲《しゅうい》を恨《うら》むようになってしまった。

未成《みせい》さんは顔色《かおいろ》を変《か》えずに、じっとゲンノウさんを見《み》つめている。何《なに》を考《かんが》えているのかはわからない。

ゲンノウさんはにやりと笑《わら》う。

「未成《みせい》、私《わたし》はね。今《いま》の環境《かんきょう》にとても満足《まんぞく》している。もう『魔《ま》を待《ま》ち、現実《げんじつ》に悩《なや》む』ことはない。名前《なまえ》だけがいつまでも悩《なや》んでいて困《こま》ったものだよ。……それでも、名前《なまえ》を変《か》えるつもりはないのだけどね。あの頃悩《ころなや》んで、悩《なや》み抜《ぬ》いて、一歩踏《いっぽふ》み出《だ》した自分《じぶん》がいたからこそ、今《いま》の私《わたし》はオカルトに全力《ぜんりょく》でいられるのだから」

そうして、屋上《おくじょう》は静《しず》まり返《かえ》る。

未成《みせい》さんは少《すこ》しの間《あいだ》、沈黙《ちんもく》を続《つづ》け、がくりとうつむく。

それから残念《ざんねん》そうに息《いき》を長《なが》くはいた。

「……もういいよ。これ以上話《いじょうはな》しても、きっとムダ。どんなに言葉《ことば》を交《か》わしても、かつての魔尾《まお》町《まち》くんは戻《もど》ってこない。だったらせめて——」

ゆっくりと顔《かお》を上《あ》げた未成《みせい》さんの両目《りょうめ》が赤《あか》く光《ひか》る。

「——私《わたし》が世界《せかい》を破壊《はかい》するところを、間近《まぢか》で見《み》ていて」

パチンッ

未成《みせい》さんが指《ゆび》を鳴《な》らした。

それと同時《どうじ》、世界《せかい》がぐらりと揺《ゆ》れてわたしは大《おお》きくよろめく。

しかし実際《じっさい》に足元《あしもと》が揺《ゆ》れたわけじゃない。

この奇妙《きみょう》な感覚《かんかく》は『幻覚《げんかく》の王《おう》』の能力《のうりょく》によって引《ひ》き起《お》こされたものだ。強《つよ》い幻覚《げんかく》のせいで、めまいのような症状《しょうじょう》が現《あらわ》れたにすぎない。

だから今《いま》、わたしが見《み》ているのは——すべて幻《まぼろし》だ。

未成《みせい》さんの身体《からだ》がブルーベリー色《いろ》に染《そ》まり、急激《きゅうげき》にふくれ上《あ》がっていく。

二《に》メートル、三《さん》メートル、四《よん》メートル……と最終的《さいしゅうてき》に全長五《ぜんちょうご》メートルほどのサイズまでふくらみ、肩《かた》や胴体《どうたい》から新《あら》たに太《ふと》く長《なが》い腕《うで》が二本《にほん》ずつ生《は》え、全部《ぜんぶ》で六本《ろっぽん》の腕《うで》を持《も》つ完全《かんぜん》な化《ば》け物《もの》へと変《へん》身《しん》した。

「今《いま》の魔尾町《まおまち》くんがどれだけ嫌《いや》がろうと、私《わたし》は青鬼《あおおに》の力《ちから》ですべてを破壊《はかい》する。そうだ、手始《てはじ》めに調査《ちょうさ》クラブを壊《こわ》そう！　そして一人《ひとり》きりになった魔尾町《まおまち》くんに、かつての気持《きも》ちを思《おも》い出《だ》してもらうの!!」

未成《みせい》さんの声《こえ》は透《す》き通《とお》るような高音《こうおん》から、地響《じひび》きのような低音《ていおん》へと変《か》わっていた。

「……何《なに》を言《い》っても通《つう》じないな。今《いま》まで出会《であ》った《王種《おうしゅ》》は皆《みな》、極端《きょくたん》な行動《こうどう》を取《と》る傾向《けいこう》にある。知香君《ちかくん》は二十年《にじゅうねん》もの間《あいだ》、地下《ちか》に引《ひ》きこもり、『兵隊《へいたい》の王《おう》』は誰《だれ》に対《たい》しても攻撃的《こうげきてき》だった。そして未成《みせい》は他人《たにん》の話《はなし》を聞《き》き入《い》れない。《王種《おうしゅ》》のパラサイトバグには、宿主《やどぬし》のネガティブな面《めん》を強調《きょうちょう》する特徴《とくちょう》でもあるのだろうか？」

ゲンノウさんは化《ば》け物《もの》になった未成《みせい》さんを眺《なが》めながら、《王種《おうしゅ》》についての持論《じろん》を展開《てんかい》する。

……ゲンノウさんの仮説《かせつ》は正《ただ》しいかもしれない。

ゲンノウさんと未成《みせい》さんは、今《いま》までずっと親友《しんゆう》だったのだ。

未成《みせい》さんの心《こころ》の奥底《おくそこ》に「過去《かこ》のゲンノウさんの暗《くら》い願《ねが》いを叶《かな》えたい」という想《おも》いがあったとし

ても、ここまで急《きゅう》に目《め》の前《まえ》のゲンノウさんの話《はなし》を聞《き》かなくなるものだろうか。

《王種《おうしゅ》》のパラサイトバグが、宿主《やどぬし》の精神《せいしん》に何《なん》らかの影響《えいきょう》を与《あた》えていると考《かんが》えれば、かなり筋《すじ》が通《とお》る。

と、わたしまで《王種《おうしゅ》》についての思考《しこう》に気《き》を取《と》られてしまったので、ぶんぶんと頭《あたま》を振《ふ》って、余計《よけい》な考《かんが》えを放《ほう》り出《だ》す。

「ゲンノウさん、《王種《おうしゅ》》のことはあとで考《かんが》えましょう。まずは目《め》の前《まえ》の『幻覚《げんかく》の王《おう》』をどうにかしないと」

「うむ、その通《とお》りだな」

わたしとゲンノウさんは屋上《おくじょう》に並《なら》び立《た》ち、化《ば》け物《もの》となった未成《みせい》さんと正面《しょうめん》から向《む》かい合《あ》った。

ぶぁああああああああっ!!!!

超巨大《ちょうきょだい》な姿《すがた》から発《は》せられる叫《さけ》びは普通《ふつう》の青鬼《あおおに》とは比《くら》べ物《もの》にならず、まるで台風《たいふう》のような強《つよ》い風圧《ふうあつ》すら感《かん》じた。わたしは吹《ふ》き飛《と》ばされないように必死《ひっし》で耐《た》えながら、未成《みせい》さんに勝《か》つ方法《ほうほう》を考《かんが》える。

未成《みせい》さんの肩《かた》や胴体《どうたい》から生《は》えた長《なが》い腕《うで》が振《ふ》り下《お》ろされる。

わたしたちは後《うし》ろに下《さ》がって回避《かいひ》した。

そのまま、四本《よんほん》の長《なが》い腕《うで》がダァンッ！　と屋上《おくじょう》に叩《たた》きつけられる。

コンクリートが砕《くだ》け、破片《はへん》が跳《は》ね上《あ》がった。あんな攻撃《こうげき》をくらえば、一発《いっぱつ》で終《お》わりだ。

ゲンノウさんが好奇心《こうきしん》をあらわにした表情《ひょうじょう》で言《い》う。

「レイカ君《くん》！　今《いま》の未成《みせい》の姿《すがた》は幻《まぼろし》のはずだが、それならいっそ攻撃《こうげき》を食《く》らってみるというのはどうだろうか！　案外《あんがい》、痛《いた》みはないかもしれないぞ」

わたしは前《まえ》に飛《と》び出《だ》しそうなゲンノウさんをすぐさま制止《せいし》する。

「バカなこと言《い》わないでください！　もし、幻《まぼろし》の攻撃《こうげき》を受《う》けた時《とき》に何《なん》らかの痛《いた》みを感《かん》じる仕組《しく》みだったら、死《し》ぬかもしれないですよ！」

「……むう。たしかに下手《へた》な冒険《ぼうけん》はするべきではないか」

再《ふたた》び未成《みせい》さんの長《なが》い腕《うで》が迫《せま》ってくる。

それをなんとか避《よ》けたわたしは、ある一点《いってん》に視線《しせん》を向《む》けた。

その先《さき》にいるのは捕《と》らえられた優助《ゆうすけ》とたまちゃんだ。

「優助《ゆうすけ》とたまちゃんを解放《かいほう》しましょう。二人《ふたり》の力《ちから》を借《か》りられれば、反撃《はんげき》することもできるはずです。……周《まわ》りにいるはんぺん青鬼《あおおに》たちが邪魔《じゃま》ですが」

三体《さんたい》のはんぺん青鬼《あおおに》たちは口《くち》を大《おお》きく開《ひら》き、こちらにキバを見《み》せている。

はんぺん青鬼《あおおに》たちに近《ちか》づくのはかなり危険《きけん》だが、化《ば》け物《もの》の未成《みせい》さんと正面《しょうめん》から戦《たたか》うよりはマシだ。

「私《わたし》がはんぺん青鬼《あおおに》たちに突撃《とつげき》して注意《ちゅうい》を引《ひ》こう。三体《さんたい》とも私《わたし》に向《む》かってきたことを確認《かくにん》した後《あと》、レイカ君《くん》は優助君《ゆうすけくん》とたまちゃんを助《たす》け出《だ》してくれたまえ」

「……ケガしないでくださいね」

「大丈夫《だいじょうぶ》。上手《うま》く逃《に》げ回《まわ》ってみせるさ。元気《げんき》な身体《からだ》で、まだまだ青鬼《あおおに》の研究《けんきゅう》をしたいからね」

「——**私《わたし》を無視《むし》するなっ！**」

大《おお》きな叫《さけ》び声《ごえ》が聞《き》こえて、今度《こんど》は腕《うで》ではなく、未成《みせい》さんの巨体《きょたい》が突《つ》っこんでくる。

わたしとゲンノウさんが左右《さゆう》に分《わ》かれてその体当《たいあ》たりをかわすと、未成《みせい》さんは体勢《たいせい》を崩《くず》して、床《ゆか》に転《ころ》がった。起《お》き上《あ》がるのに時間《じかん》がかかっている。

「それじゃ行《い》こうか、レイカ君《くん》！」

ゲンノウさんはわたしと目《め》を合《あ》わせてから——全力《ぜんりょく》ではんぺん青鬼《あおおに》たちに向《む》かって走《はし》っていった。

はんぺん青鬼《あおおに》たちは、人間《にんげん》が自分《じぶん》たちのほうに来《く》ることを想定《そうてい》していなかったようで、あわてた様子《ようす》を見《み》せたが、すぐに戦闘態勢《せんとうたいせい》に入《はい》って鋭《するど》い目《め》つきになる。


キーーーーーッ!!


はんぺん青鬼三体《あおおにさんたい》がゲンノウさんに飛《と》びかかっていく。

しかし、ゲンノウさんはいつまでたっても回避《かいひ》する動《うご》きを見《み》せなかった。わたしはその意図《いと》に気《き》づいて叫《さけ》ぶ。

「ゲンノウさん、避《よ》けてくださいッ！」

「ここで避《よ》ければ、はんぺん青鬼《あおおに》たちはレイカ君《くん》のほうに行《い》ってしまうかもしれない。しかし、このまま私《わたし》の身体《からだ》にはんぺん青鬼《あおおに》たちが食《く》いつけば、作戦《さくせん》は確実《かくじつ》に成功《せいこう》させられる！」

ゲンノウさんは「ハハハ！」と大声《おおごえ》で楽《たの》しそうに笑《わら》いながら、はんぺん青鬼《あおおに》たちに突撃《とつげき》していく。

そしてガバリと口《くち》を開《あ》けたはんぺん青鬼《あおおに》たちがゲンノウさんにかみついた。

わたしはぎゅっと目《め》をつぶる。しかし、ゲンノウさんの叫《さけ》び声《ごえ》が聞《き》こえてくることはなく、代《か》わりに響《ひび》いたのは興奮《こうふん》した様子《ようす》の声《こえ》。

「おお……これは！　これはすごいぞ！　私《わたし》は今《いま》、はんぺん青鬼《あおおに》たちに食《た》べられているッ！」

おそるおそる目《め》を開《ひら》く。

ゲンノウさんの身体《からだ》ははんぺん青鬼《あおおに》たちの鋭《するど》いキバでつらぬかれ、たくさんの血《ち》が出《で》ている
——ということはなかった。

一体《いったい》はシャツの袖《そで》、一体《いったい》はズボンの腰回《こしまわ》り、一体《いったい》はゲンノウさんの後《うし》ろ髪《がみ》をむしゃむしゃと食《た》べており、奇跡的《きせきてき》に身体《からだ》はまったくの無傷《むきず》だったのだ。

三体《さんたい》のはんぺん青鬼《あおおに》をぶら下《さ》げ、ゲンノウさんははしゃいで辺《あた》りを走《はし》り回《まわ》っている。

安心《あんしん》したと同時《どうじ》に、目《め》の前《まえ》のふざけた光景《こうけい》にため息《いき》が出《で》る。

だが。これこそがゲンノウさんの魅力《みりょく》なのだと思《おも》う。

オカルトにシリアスはいらない。

ロマンだけがあればいい。

「ハハハハハッ!!」

はんぺん青鬼《あおおに》を身《み》につけたまま、大笑《おおわら》いしているゲンノウさん。

あのような状況《じょうきょう》こそ、今《いま》のゲンノウさんが愛《あい》しているオカルトそのものだ。

わたしまでつられて笑《わら》ってしまうようなゲンノウさんの姿《すがた》は、未成《みせい》さんにとっては受《う》け入《い》れられないものだろう。

だけど、人《ひと》は変《か》わる。

ずっと同《おな》じままの人間《にんげん》なんかいない。

「優助《ゆうすけ》！　今《いま》、助《たす》けるわ！」

わたしは優助《ゆうすけ》の背後《はいご》に素早《すばや》く回《まわ》りこみ、縄《なわ》の結《むす》び目《め》をほどいた。

「ありがとな、レイカ！」

準備万端《じゅんびばんたん》の優助《ゆうすけ》が立《た》ち上《あ》がる。

わたしは次《つぎ》にたまちゃんが閉《と》じこめられているケージを観察《かんさつ》した。

外《そと》から簡単《かんたん》なロックがかかっていたのでそれを外《はず》す。

すると、たまちゃんはケージから勢《いきお》いよく飛《と》び出《だ》し、わたしの周囲《しゅうい》をぐるぐると嬉《うれ》しそうに回《まわ》った。

「たまちゃん、一度《いちど》かけられた幻覚《げんかく》を解除《かいじょ》することはできる？」

わたしはたまちゃんに質問《しつもん》する。

たまちゃんは申《もう》し訳《わけ》なさそうに首《くび》を横《よこ》に振《ふ》った。

今《いま》の未成《みせい》さんの姿《すがた》は幻《まぼろし》だ。どうにかして本物《ほんもの》の未成《みせい》さんの位置《いち》を特定《とくてい》しないと、こちらから反撃《はんげき》することができない。

「俺《おれ》も幻覚《げんかく》をかけられたままだ。どうする？」

優助《ゆうすけ》が苦《にが》い表情《ひょうじょう》でたずねてくる。

ここにいる人間《にんげん》で解決《かいけつ》できないなら、客室《きゃくしつ》フロアと同《おな》じ方法《ほうほう》を使《つか》うまでだ。

わたしはゲンノウさんから借《か》りていたスマホを取《と》り出《だ》す。

そしてチャットアプリの通話《つうわ》ボタンを押《お》した。

かけた先《さき》は当然《とうぜん》、トノマチさんのスマホだ。

『はい、ひろしです。レイカさん、状況《じょうきょう》は――』

「ひろし君《くん》！　お願《ねが》い、未成《みせい》さんの位置《いち》を教《おし》えて！」

わたしが早口《はやくち》で状況《じょうきょう》を伝《つた》えようとした時《とき》だった。

「そう来《く》ると思《おも》ったよ」

わたしのすぐ後《うし》ろ。

肩越《かたご》しに、未成《みせい》さんの低《ひく》くてざらざらした声《こえ》が聞《き》こえた。

目《め》を見開《みひら》いて振《ふ》り返《かえ》ると、未成《みせい》さんの巨体《きょたい》が視界《しかい》いっぱいに映《うつ》る。

いつの間《ま》にか起《お》き上《あ》がっていた未成《みせい》さんの巨大《きょだい》な右手《みぎて》が、わたしの身体《からだ》を思《おも》いきりはたいた。

「うぐっ……！」

全身《ぜんしん》に強《つよ》い衝撃《しょうげき》が走《はし》り、しびれがビリビリと急速《きゅうそく》に広《ひろ》がる。ひどい痛《いた》みで一瞬《いっしゅん》、息《いき》ができなくなった。

「レイカッ！」

優助《ゆうすけ》の叫《さけ》び声《ごえ》が聞《き》こえた。

ゲンノウさんのスマホはわたしの手《て》から離《はな》れ、手《て》の届《とど》かない遠《とお》くの床《ゆか》に落下《らっか》する。わたしの身体《からだ》もコンクリートの上《うえ》に転《ころ》がった。

なるべく痛《いた》みをまぎらわすため、長《なが》く息《いき》を吸《す》い、長《なが》く息《いき》をはく。

そうして少《すこ》しだけ思考《しこう》する余裕《よゆう》が戻《もど》ってくる。

わたしは未成《みせい》さんの右手《みぎて》にはたかれたが、本当《ほんとう》にあの巨大《きょだい》なサイズの手《て》の攻撃《こうげき》をくらっていたなら、こんな痛《いた》みではすまないはずだ。

ということはゲンノウさんが言《い》っていたように、幻自体《まぼろしじたい》に攻撃能力《こうげきのうりょく》はなく、わたしは本物《ほんもの》の未成《みせい》さんに攻撃《こうげき》されたのだろう。

「客室《きゃくしつ》フロアの幻《まぼろし》を突破《とっぱ》した方法《ほうほう》、私《わたし》が知《し》らないと思《おも》った？　幻覚《げんかく》にかかっていない人間《にんげん》に指示《じ》を出《だ》してもらう。いい案《あん》だよ。だけど二度《にど》は通《つう》じない」

青鬼化《あおおにか》した未成《みせい》さんの頭部《とうぶ》が、あお向《む》けになったわたしをぬっと見下《みお》ろしてくる。

「レイカちゃん。私《わたし》は自分《じぶん》で思《おも》っているよりも、あなたのことが嫌《きら》いみたい。魔尾町《まおまち》くんは《王種《おうしゅ》》の力《ちから》を手《て》に入《い》れた私《わたし》より、あなたが作《つく》った調査《ちょうさ》クラブを選《えら》んだ。そこですごく楽《たの》しそうに過《す》

ごしていた。親友《しんゆう》の私《わたし》には、それがとても、とても……ねたましかった」

化《ば》け物《もの》じみた未成《みせい》さんの声《こえ》は震《ふる》えていた。

声《こえ》ににじんでいるのは、悲《かな》しみと少《すこ》しの怒《いか》り。

わたしはそこでようやく、未成《みせい》さんの気持《きも》ちがわかったような気《き》がした。

人間《にんげん》を蹴散《けち》らすとか、過去《かこ》のゲンノウさんの願《ねが》いを叶《かな》えるとか、そんなのは全部《ぜんぶ》、行動《こうどう》するための後《あと》づけで。

——親友《しんゆう》のゲンノウさんが調査《ちょうさ》クラブで楽《たの》しそうにしていることに、やきもちをやいた。

たぶん本当《ほんとう》は、それだけのことだったのだ。

みんなで仲良《なかよ》くすれば、解決《かいけつ》する話《はなし》。

でも、感情《かんじょう》というのは思《おも》ったようにコントロールできないし、もし本当《ほんとう》に《王種《おうしゅ》》のパラサイトバグが精神《せいしん》に悪《わる》い影響《えいきょう》を与《あた》えていたのなら、ここまで暴走《ぼうそう》してもおかしくない。

親友《しんゆう》を振《ふ》り向《む》かせるためにいろいろな手《て》を使《つか》って、でも逆効果《ぎゃくこうか》で、余計《よけい》に距離《きょり》が離《はな》れていく。

今《いま》の未成《みせい》さんはそういう状態《じょうたい》だ。

止《と》めてあげたい。

そう思《おも》うけれど、わたしは反撃《はんげき》するために必要《ひつよう》なスマホを手放《てばな》してしまった。


ぶぁあああああっ!!


未成《みせい》さんは理性《りせい》を失《うしな》ったように雄《お》たけびを上《あ》げた。

彼女《かのじょ》の巨体《きょたい》がわたしにおおいかぶさってくる。

このまま押《お》しつぶされてしまうのだろうか——とぼんやり考《かんが》えた時《とき》。

突然《とつぜん》、キーンと甲高《かんだか》い音《おと》が聞《き》こえた。

音《おと》がしたほうを向《む》くと、そこにはいくつかの屋外向《おくがいむ》けスピーカーが設置《せっち》されていた。業務用《ぎょうむよう》のアナウンスを流《なが》すためのものだろう。

その電源《でんげん》が入《はい》ったようだった。


『レイカさん！　起《お》きてください！』

スピーカーから突然《とつぜん》、ものすごい音量《おんりょう》でひろし君《くん》の声《こえ》がした。あまりのボリュームに空気《くうき》がぴりぴりと振動《しんどう》する。

わたしはびっくりして痛《いた》みも忘《わす》れて飛《と》び起《お》きた。

『……すみません。音量《おんりょう》が上手《うま》く調整《ちょうせい》できていませんでした。レイカさんの状況《じょうきょう》は見《み》えています。レイカさんの正面《しょうめん》を時計《とけい》の十二《じゅうに》時《じ》とすると、本物《ほんもの》の未成《みせい》さんは今《いま》、三時《さんじ》の方向《ほうこう》にいます。どうにか反撃《はんげき》できますか？』

なぜひろし君《くん》はわたしの様子《ようす》がわかるのだろう。と周囲《しゅうい》を素早《すばや》く見回《みまわ》すと、少《すこ》し離《はな》れた場所《ばしょ》にいるはんぺん青鬼《あおおに》をぶら下《さ》げたゲンノウさんの姿《すがた》が目《め》に入《はい》った。

ゲンノウさんはわたしが手放《てばな》したスマホを拾《ひろ》い、カメラをこちらに向《む》けている。

わたしと目《め》が合《あ》い、ゲンノウさんはにやりと笑《わら》ってみせた。

どうやらゲンノウさんが送《おく》った映像《えいぞう》をもとに、ひろし君《くん》が未成《みせい》さんの位置《いち》を特定《とくてい》してくれたようだ。そして放送室《ほうそうしつ》の中《なか》にあった館内《かんない》アナウンス用《よう》の機材《きざい》を使《つか》って、わたしに声《こえ》を届《とど》けてくれたらしい。

「ありがとう。ゲンノウさん、ひろし君《くん》」

わたしは小声《こごえ》で礼《れい》を言《い》い、右腕《みぎうで》を突《つ》き出《だ》し、大声《おおごえ》で叫《さけ》ぶ。

「たまちゃんッ！　力《ちから》を貸《か》して！」

飛《と》んできたたまちゃんはわたしの考《かんが》えを理解《りかい》し、仕方《しかた》がないというふうに腕《うで》に巻《ま》きつく。

「やめろ、レイカ！　その攻撃《こうげき》は使《つか》うな！　俺《おれ》が代《か》わりに――」

優助《ゆうすけ》があせった様子《ようす》でわたしを止《と》めようとするが、優助《ゆうすけ》と末成《みせい》さんの位置関係《いちかんけい》をひろし君《くん》が把握《はあく》し直《なお》す余裕《よゆう》はない。

たまちゃんが青《あお》い炎《ほのお》となり、わたしの右腕《みぎうで》を包《つつ》みこむ。

わたしのエネルギーをたまちゃんに与《あた》え、強烈《きょうれつ》な炎《ほのお》の一撃《いちげき》を放《はな》つ奥《おく》の手《て》。それを使《つか》う。

デメリットはエネルギーを吸《す》われた時《とき》に、わたしの身体《からだ》がかなりのダメージを受《う》けること。

背筋《せすじ》が寒《さむ》くなり、身体《からだ》が震《ふる》え始《はじ》める。

頭《あたま》がズキズキして、視界《しかい》がぼやける。

だけど、攻撃《こうげき》の準備《じゅんび》は整《ととの》った。

エネルギーを吸収《きゅうしゅう》したたまちゃんの青《あお》い炎《ほのお》が力強《ちからづよ》く燃《も》えさかる。

『末成《みせい》さんの最新《さいしん》の位置《いち》は十時《じゅうじ》の方向《ほうこう》です！　そこに攻撃《こうげき》を！』


ぶぁあああああっ!!

幻《まぼろし》の未成《みせい》さんがこちらに六本《ろっぽん》の腕《うで》を振《ふ》り下《お》ろしてくる。しかし、幻《まぼろし》の攻撃《こうげき》にダメージがないことはすでにわかっているため、わたしは見《み》えない現実《げんじつ》の未成《みせい》さんに集中《しゅうちゅう》する。

ひろし君《くん》の指示通《しじどお》り、十時《じゅうじ》の方向《ほうこう》に右手《みぎて》を突《つ》き出《だ》した。

「これで——終《お》わりよ！」

わたしの手《て》からたまちゃんの青《あお》い炎《ほのお》が放《はな》たれる。それは前方《ぜんぽう》にまっすぐ進《すす》み、見《み》えない何《なに》かに激《はげ》しく衝突《しょうとつ》した。


ぶぁ……ああああああ！


そうして未成《みせい》さんの幻《まぼろし》の巨体《きょたい》が、叫《さけ》び声《ごえ》とともに消《き》えていく。

未成《みせい》さんが作《つく》ったすべての幻《まぼろし》が崩《くず》れ去《さ》っていく。

ホテルの屋上《おくじょう》には、夜《よる》の静寂《せいじゃく》が戻《もど》った。

12 大《たい》切《せつ》な親《しん》友《ゆう》

幻覚《げんかく》が消《き》えたホテルの屋上《おくじょう》。

その中心《ちゅうしん》に、幻《まぼろし》ではない本物《ほんもの》の未成《みせい》さんが倒《たお》れていた。

両腕《りょううで》は青鬼化《あおおにか》しており、たまちゃんの炎《ほのお》で黒《くろ》こげになっていたが、身体《からだ》のほうは無傷《むきず》だった。

どうやら未成《みせい》さんは青鬼《あおおに》の力《ちから》を腕《うで》に集中《しゅうちゅう》させて身《み》を守《まも》ったようだ。そのおかげで両腕《りょううで》がこげる程度《ていど》で済《す》んだのだろう。

未成《みせい》さんの全身《ぜんしん》から力《ちから》が抜《ぬ》けて両腕《りょううで》の青鬼化《あおおにか》も解除《かいじょ》される。彼女《かのじょ》の両腕《りょううで》は細《ほそ》くてきれいな人間《にんげん》のものに戻《もど》った。やけどのあとは残《のこ》っていない。

わたしは未成《みせい》さんを傷《きず》つけたいわけではなかったから、その様子《ようす》を見《み》てほっと息《いき》をはく。

戦《たたか》う気力《きりょく》を失《うしな》ったらしい未成《みせい》さんは泣《な》きそうな表情《ひょうじょう》を浮《う》かべ、夜空《よぞら》を見上《みあ》げていた。

ゲンノウさんにかみついていたはんぺん青鬼《あおおに》たちは急《きゅう》におとなしくなった。ゲンノウさんからすっと離《はな》れると、わたしたちのことを少《すこ》し見《み》つめた後《あと》、屋上《おくじょう》のエレベーターのほうへと去《さ》っていく。

「……青鬼《あおおに》たちにかけた幻《まぼろし》には、私《わたし》が力《ちから》を維持《いじ》できなくなった時《とき》、暴《あば》れることなく姿《すがた》を隠《かく》させる暗示《あんじ》を混《ま》ぜておいたんだ。万《まん》が一《いち》、反逆《はんぎゃく》されたら困《こま》るからね」

未成《みせい》さんは床《ゆか》に倒《たお》れたまま、淡々《たんたん》と言《い》った。

「他《ほか》の青鬼《あおおに》たちも今頃《いまごろ》、姿《すがた》を隠《かく》そうとしてるはず。良《よ》かったね、これで碧奥《へきおう》グランドホテルはもう安全《あんぜん》だよ」

青鬼《あおおに》たちがホテルからいなくなれば、ひろし君《くん》やトノマチさんもようやく放送室《ほうそうしつ》から出《で》られるようになるだろう。

あと心配《しんぱい》なのは、知香君《ちかくん》とスズナちゃんだった。

ゲンノウさんが手元《てもと》のスマホへと目《め》をやる。そして、わたしのほうを向《む》くと大《おお》きな笑《え》みを浮《う》かべた。

「ひろし君《くん》から連絡《れんらく》だ。支配人青鬼《しはいにんあおおに》から逃《に》げきった知香君《ちかくん》とスズナ君《くん》が一階《いっかい》まで降《お》りて、彼《かれ》らと合流《ごうりゅう》したらしい。つまり、全員無事《ぜんいんぶじ》だ」

その知《し》らせを聞《き》いて、わたしは大《おお》きく息《いき》をはき出《だ》した。今回《こんかい》もなんとか上手《うま》く乗《の》り切《き》ることができたらしい。

ゲンノウさんが未成《みせい》さんのもとへと歩《ある》いていく。

末成《みせい》さんはやっぱり起《お》き上《あ》がることなく、視線《しせん》だけを動《うご》かしてゲンノウさんを見《み》た。

「私《わたし》……戦《たたか》っている間《あいだ》に気《き》づいたの。結局《けっきょく》、楽《たの》しそうにしている魔尾町《まおまち》くんがうらやましくて、ねたましかっただけなんだ、って。そのことに気《き》づいたら、もう戦《たたか》う意味《いみ》もよくわからなくなっちゃった」

末成《みせい》さんも、わたしと同《おな》じ答《こた》えにたどり着《つ》いたようだった。

「きっとはずかしかったんだよ。目《め》を輝《かがや》かせて調査《ちょうさ》クラブの話《はなし》をする魔尾町《まおまち》くんに、やきもちをやいてるって伝《つた》えるのが。だから私《わたし》はいろいろと理由《りゆう》をつけて、調査《ちょうさ》クラブと出会《であ》う前《まえ》の、過去《かこ》の魔尾町《まおまち》くんを取《と》り戻《もど》そうとした。失敗《しっぱい》しちゃったけど」

末成《みせい》さんは上半身《じょうはんしん》をゆっくりと起《お》こす。

「私《わたし》、嫌《いや》な親友《しんゆう》だったよね。一人《ひとり》で暴走《ぼうそう》して魔尾町《まおまち》くんをたくさん傷《きず》つけた。……もう親友《しんゆう》をやめたくなったでしょ?」

末成《みせい》さんは声《こえ》のトーンを落《お》としてうつむく。

そんな彼女《かのじょ》に――ゲンノウさんは優《やさ》しく右手《みぎて》を差《さ》し伸《の》べた。

驚《おどろ》いたように未成《みせい》さんが目《め》を見開《みひら》き、言葉《ことば》を詰《つ》まらせる。

「なん、で……っ」

ゲンノウさんは静《しず》かに笑《え》みを浮《う》かべる。

「私《わたし》の親友《しんゆう》は世界《せかい》に一人《ひとり》しかいないんだ。私《わたし》から大切《たいせつ》な親友《しんゆう》を勝手《かって》に奪《うば》わないでくれたまえ」

その言葉《ことば》に未成《みせい》さんは大粒《おおつぶ》の涙《なみだ》を流《なが》す。

そして彼女《かのじょ》は、ゲンノウさんの手《て》を取《と》った。

「魔尾町《まおまち》くんの親友《しんゆう》は世界《せかい》に私《わたし》しかいない。そうだったね。なんでそんなことすら、忘《わす》れてたんだろう」

今回《こんかい》はすれ違《ちが》ってしまった二人《ふたり》だけれど、もう大丈夫《だいじょうぶ》そうだ。

二人《ふたり》が仲良《なかよ》くしてくれれば、青鬼《あおおに》の研究《けんきゅう》も進《すす》むはず。

これからが楽《たの》しみ――。

「……レイカ？」

心配《しんぱい》そうな優助《ゆうすけ》の声《こえ》が遠《とお》く、聞《き》こえた。

……冷《ひ》や汗《あせ》が止《と》まらない。視界《しかい》が回《まわ》る。全身《ぜんしん》を一瞬《いっしゅん》のうちに悪寒《おかん》が支配《しはい》していく。

耳《みみ》が遠《とお》くなり、意識《いしき》がかすんでいく。

これはきっと、たまちゃんにエネルギーを渡《わた》した代償《だいしょう》だ。

立《た》っていることすら辛《つら》く、わたしは冷《つめ》たいコンクリートに横倒《よこだお》しになった。

「レイカッ!!」

もう一度《いちど》、優助《ゆうすけ》の鋭《するど》い声《こえ》が聞《き》こえて、優助《ゆうすけ》、ゲンノウさん、たまちゃん、それに未成《みせい》さんが急《いそ》いで駆《か》け寄《よ》ってくる。

わたしは優助《ゆうすけ》たちに声《こえ》をかけることもできずに、ただ目《め》を開《ひら》いたまま、身体《からだ》を震《ふる》わせる。

頭上《ずじょう》に広《ひろ》がる夜空《よぞら》は澄《す》んでいて、とてもきれいだ。

その光景《こうけい》を最後《さいご》に、わたしはゆっくりとまぶたを閉《と》じた。

碧《へき》奥《お》グランドホテルの見《み》取《と》り図《ず》その2

■…ソファ席《せき》

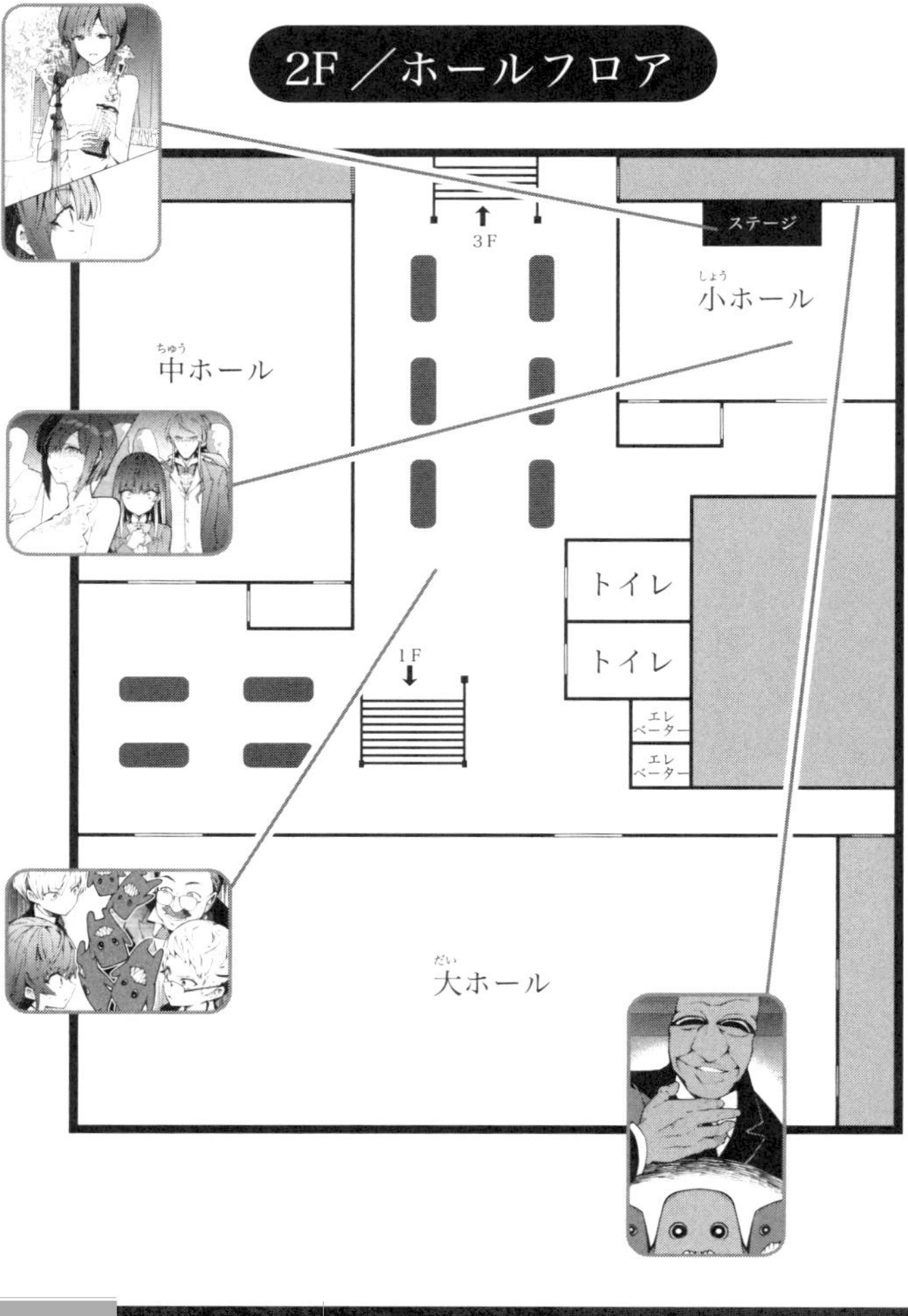

3F／レストランフロア

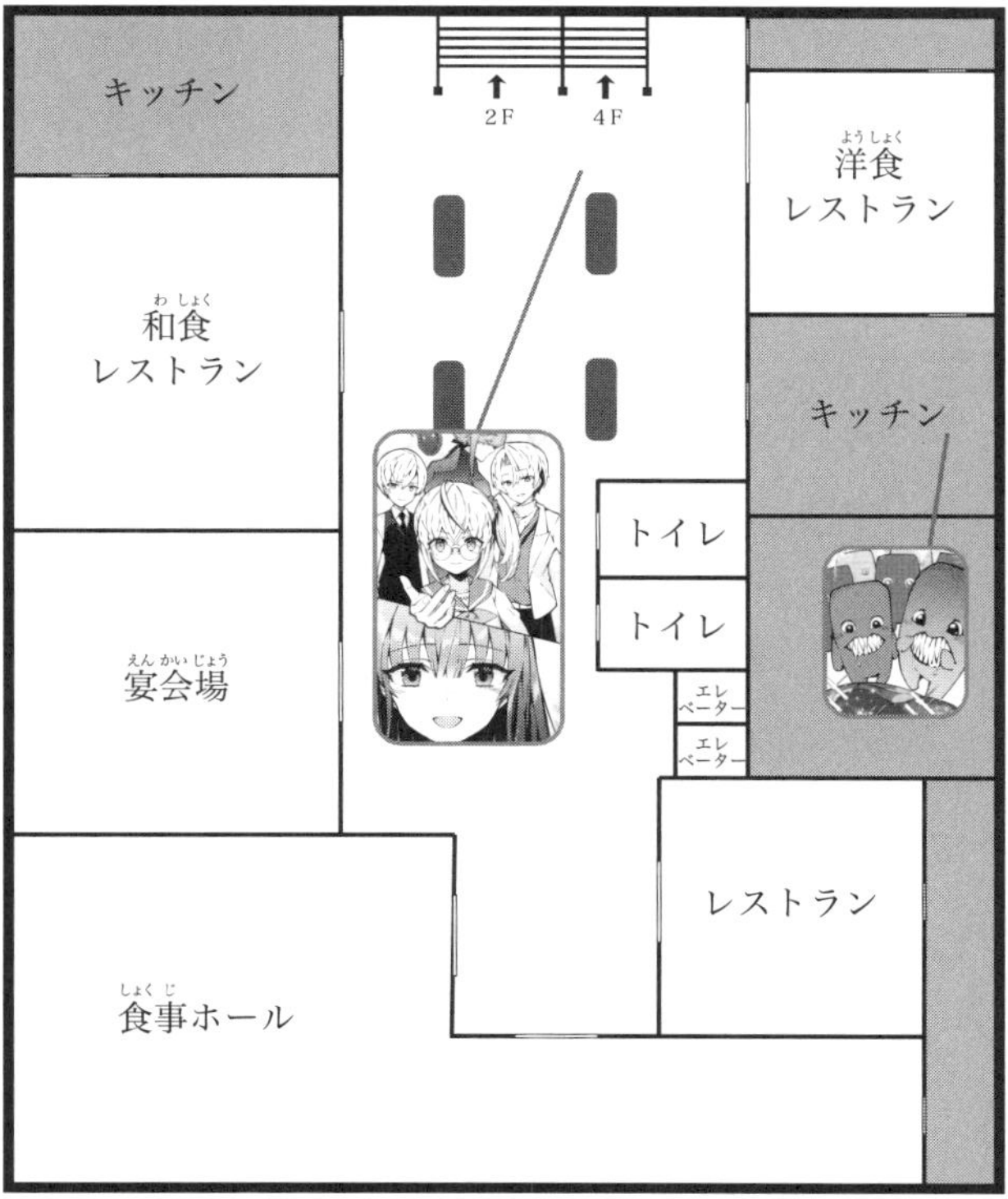
キッチン
2F
4F
洋食《ようしょく》
レストラン
和食《わしょく》
レストラン
キッチン
トイレ
トイレ
宴会場《えんかいじょう》
エレベーター
エレベーター
レストラン
食事《しょくじ》ホール

…ソファ席《せき》

4F／大浴場《だいよくじょう》フロア

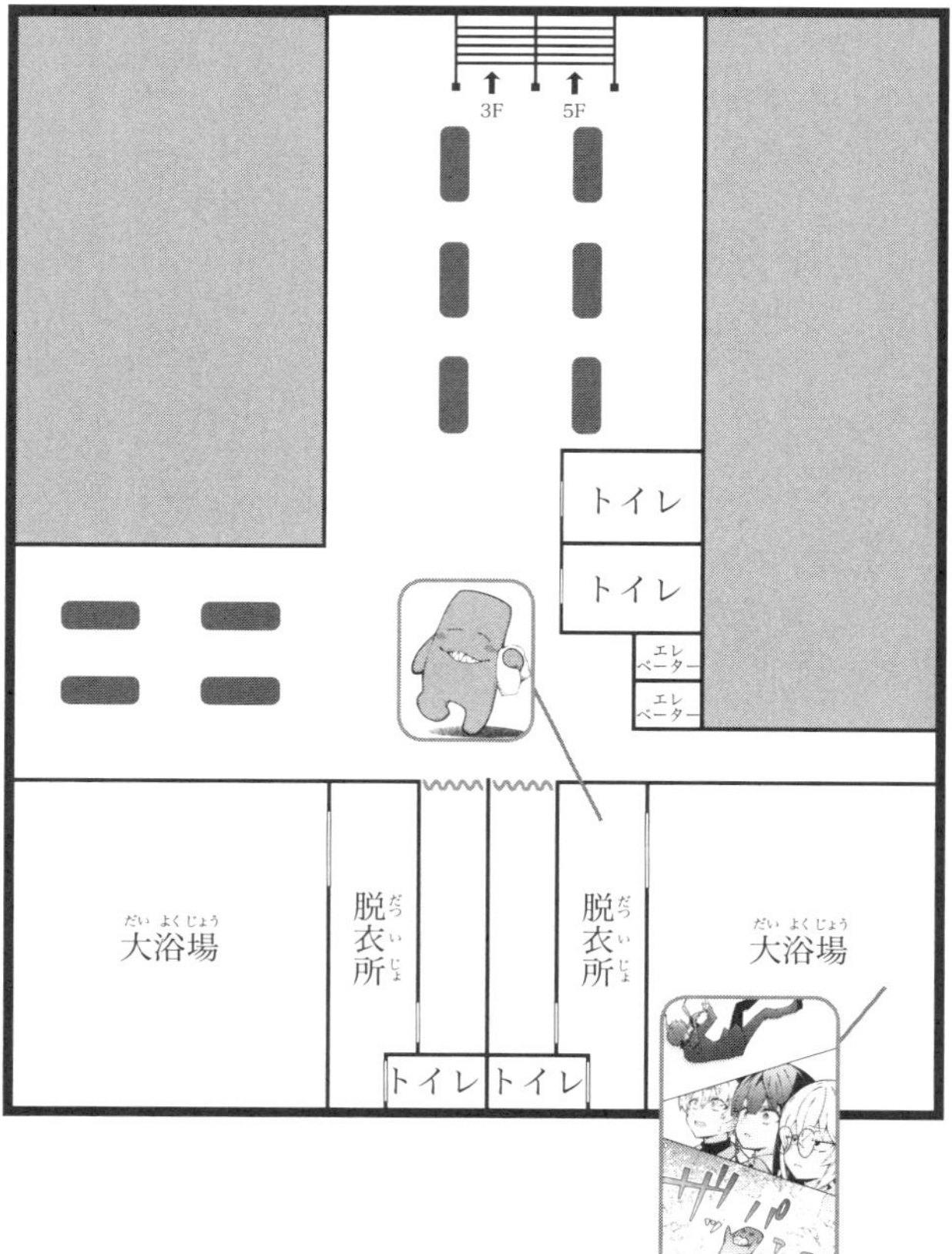

6F／客室《きゃくしつ》フロア

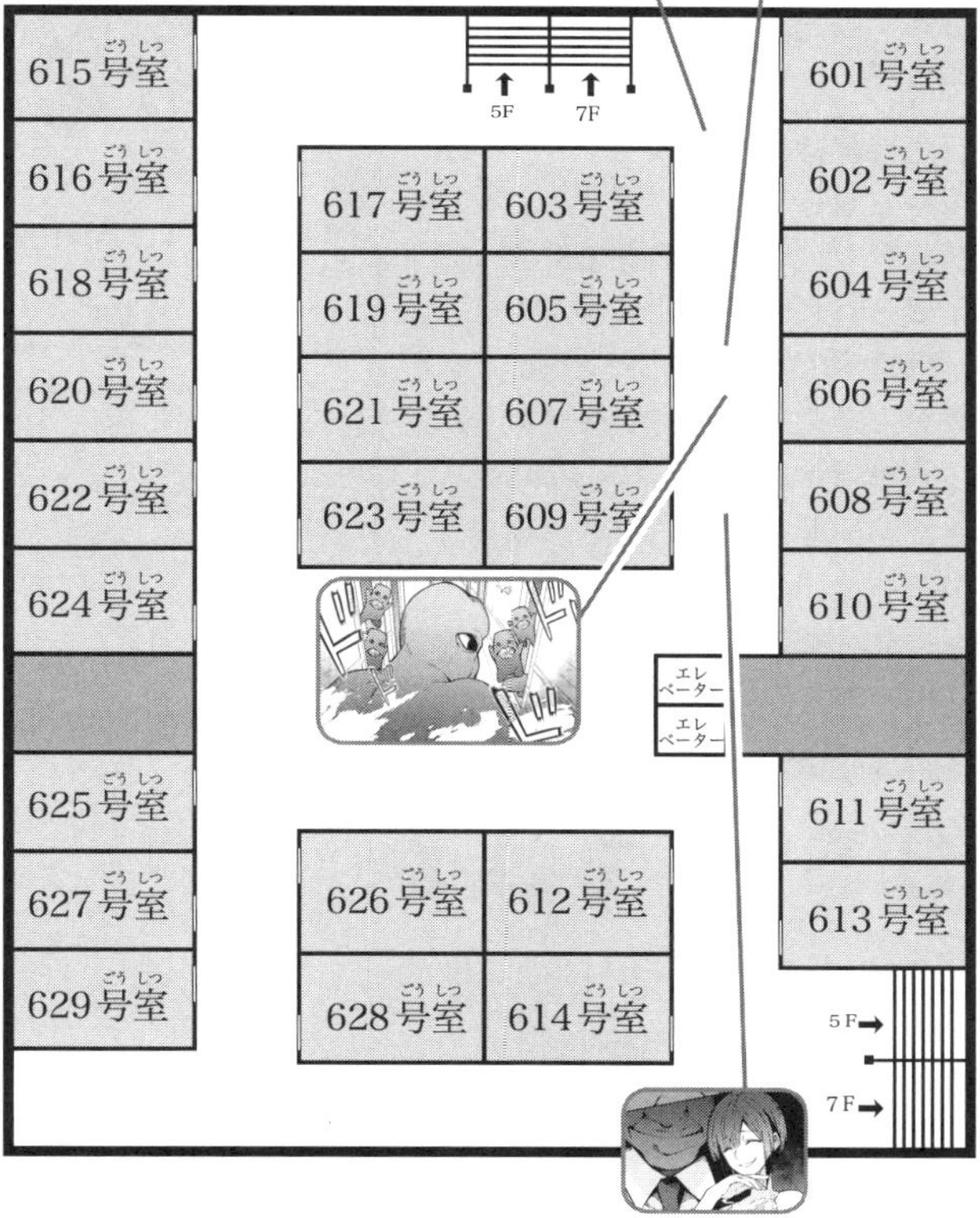

『青鬼調査クラブ』POPコンテスト実施中!!

左ページの応募用紙（コピー OK）に必要事項を明記のうえ、「青鬼調査クラブシリーズ」を紹介する POP（ポップ）を描いて応募しよう！　**優秀作品の応募者に図書カードをプレゼント！**

★最優秀賞１名…１万円分の図書カード

★優秀賞５名……2000円分の図書カード

※入賞した作品は、PHP ジュニアノベル公式ホームページおよび『青鬼調査クラブ 11』の巻末にて 2025 年３月下旬頃に発表予定です。また一部書店で複製した POP を展示させていただく場合があります。

https://www.php.co.jp/jnovel/

※いただいた個人情報は、賞品の発送に使用させていただきます。

例

応募先はこちら

135-8137

東京都江東区豊洲 5-6-52

PHP研究所 児童書出版部
「青鬼調査POP」コンテスト 係

↑郵便はがきの**表面**に書いて送ろう！

『青鬼 調査クラブ』の「ここがおもしろい」や
「ここが好き！」といったオススメポイントや
「推しキャラ」を紹介するイラストや文を書いてね！

↑カラーでもモノクロでもどちらでもOK！

ペンネーム：
※本名での発表を希望する場合は右に丸をつけてね→ 本名での発表を希望する

メールアドレス：

郵便番号：　-　　電話番号：　-　-

住所：

ふりがな：
氏名：　　年齢：　歳(　年生)

応募締切：2025年1月10日(金)当日消印有効

↑点線で切り取って、郵便はがきの**裏面**に貼って送ろう！
（コピーOK／複数枚の応募OK）

PHPジュニアノベル　の-2-10

●**原作／noprops**（ノプロプス）
『青鬼』の原作者であるゲーム制作者。RPGツクールXPで制作されたゲーム『青鬼』は、予想できない展開、ユニークな謎解き、恐怖感をあおるBGMなどゲーム性の高さが話題となり、ネットを中心に爆発的な人気を博している。
●**原作／黒田研二**（くろだ・けんじ）
作家。2000年に執筆した『ウェディング・ドレス』で第16回メフィスト賞を受賞しデビュー。近年は『逆転裁判』『逆転検事』のコミカライズやノベライズ、『真かまいたちの夜　11人目の訪問者』のメインシナリオなどゲーム関連の仕事も多数手掛けている。
●**著／波摘**（なみつみ）
作家。ライトノベル、児童向け小説、マンガ原作、ゲームシナリオなど、さまざまな分野において活躍している。PHP研究所から発刊された主な作品は、小説版『千年の独奏歌』、短編集『ナユタン星からのアーカイヴ』『ラストで君は「まさか！」と言う』シリーズ（いずれも共著）がある。
●**イラスト／鈴羅木かりん**（すずらぎ・かりん）
漫画家。「月刊少年エース」にて、『異世界チート魔術師』『青鬼　元始編』（以上、KADOKAWA）に加えて、「ガンガンパワード」及び「月刊ガンガンJOKER」にて『ひぐらしのなく頃に』の「鬼隠し編」「罪滅し編」「祭囃し編」「賽殺し編」4編の作画を担当。かわいい絵柄から恐怖描写まで、真に迫った圧倒的な表情の描き分けに定評がある。

●**デザイン／株式会社サンプラント　東郷猛**
●**組版／株式会社RUHIA**
●**プロデュース／小野くるみ**（PHP研究所）

青鬼《あおおに》 調査《ちょうさ》クラブ⑩
怪物《かいぶつ》ホテルの幻《まぼろし》を打《う》ち破《やぶ》れ！

2024年10月4日　第1版第1刷発行

原　作　noprops／黒田研二
著　者　波摘
イラスト　鈴羅木かりん
発行者　永田貴之
発行所　株式会社PHP研究所
東京本部　〒135-8137　江東区豊洲5-6-52
児童書出版部　TEL 03-3520-9635（編集）
普及部　TEL 03-3520-9630（販売）
京都本部　〒601-8411　京都市南区西九条北ノ内町11
PHP INTERFACE　https://www.php.co.jp/
印刷所・製本所　TOPPANクロレ株式会社

ISBN978-4-569-88187-4

NDC913　189P　18cm